哥布林殺手
GOBLIN SLÂYER!
does not let anyone roll the dice.
插畫／

哥布林殺手

人物介紹

CHARACTER PROFILE

女神官 Priestess

與哥布林殺手組隊的少女。因心地善良，常被哥布林殺手魯莽的行動耍得團團轉。

——換言之，我等於是對他們而言的哥布林。

哥布林殺手 Goblin Slayer

在邊境小鎮活動的怪人冒險者。單靠討伐哥布林就升上銀等（位列第三階）的罕見存在。

沒有筆也沒有紙，又怎麼有辦法冒險？

櫃檯小姐 Guild Girl

在冒險者公會工作的女性。總是被率先擊退哥布林的哥布林殺手所助。

——無論何時，對她而言最重要的，都是天氣、家畜、農作物，還有他。

牧牛妹 Cow Girl

在哥布林殺手所寄宿的牧場工作的少女。也是哥布林殺手的青梅竹馬。

——無知的人才有福。因為知道就是極致的喜悅。『妖精格言』

妖精弓手 High Elf Archer

與哥布林殺手一起冒險的妖精少女。擔任獵兵（Ranger）職務的神射手。

「鍛鍊自己，揮刀屠戮。會出血的就不是敵手。」——鋼的祕密之一端

重戰士 Heavy Warrior

隸屬於邊境之鎮冒險者公會的銀等級冒險者。和女騎士等人一同組成邊境最棒的團隊。

——龍是不會逃避的。

蜥蜴僧侶 Lizard Priest

與哥布林殺手一起冒險的蜥蜴人僧侶。

——無論寶石還是金屬，琢磨前都是石塊。這世上沒有一個礦人會用外表來判斷事物。

礦人道士 Dwarf Shaman

與哥布林殺手一起冒險的礦人術師。

「愛並非對望，而是並肩望向同一個去處。」——某位詩人

劍之聖女 Sword Maiden

水之都的至高神神殿大主教，同時也是過去和魔神王一戰的金等級冒險者。

我不想讓值得尊敬的敵手，變成明天的朋友。至少今天還不行。

長槍手 Lancer

隸屬邊境小鎮冒險者公會的銀等級冒險者。

——神祕與愛，愈透過舌尖編織就愈鬆散，更不用說是女性之美了。

魔女 Sorceress

隸屬邊境小鎮冒險者公會的銀等級冒險者。

星輝一縷。天上燃燒的陽光之一束。
絲色一種。交織而成的布匹之一緯。
雨露一點。填滿大海的波濤之一滴。
冒險者的傷痕一道。英雄敘事詩之一篇。
千之千方，萬之萬倍，砌出越過山河之高。
無涉滾動的骰子，世界於焉成形。

第1章 『新手戰士與見習聖女的故事』

一把廉價的劍，咻一聲劃過瘴氣揮了個空，體型肥胖得圓滾滾的巨鼠(Giant Rat)撲了上來。

「嗚、哇！」

汙穢泛黃的門牙十分尖銳，從喉嚨飄散出的氣息裡摻著腐敗的氣味，伴隨死亡的印象。

他被震懾住，腳步踉蹌地退後，情急之下仍胡亂揮舞中古的圓形皮盾砸了上去。

「GYURI!?」

巨鼠發出慘叫落地，但立刻打滾似的起身。不痛不癢(No damage)。

相較之下，新手戰士則甩了甩即使隔著盾牌仍撞得發麻的左手，勉強重新穩住了架勢。

「等等，你為什麼不趁勢追擊！」

「我手痛啦！」

背後傳來見習聖女那帶鼻音卻又高而尖的喊聲。

她一隻手握緊天秤劍，另一手舉起油燈，猛力皺起眉頭。

下水道中令人不舒服的甜膩腐臭，即使戴上鼻拴也無濟於事。

黏膩的踏腳處、就在身旁流動的汙水、一旦被咬到不是痛就能了事的巨鼠、蠢動的害蟲。

雖說已經習以為常，仍讓新手戰士想哭。

——這樣一天才一枚金幣啊。

況且還得達成規定的進度才有。而連這樣的報酬，也是生活所需的寶貴收入來源。

不過話說回來，既然身為冒險者，還是會覺得至少該打個哥布林……

「笨蛋，來了啦！」

「——！」

新手戰士聽見搭檔的喊叫聲而回過神，連前面也不看，以莽撞的動作挺劍刺出。

「GUAARU！？！？」

刺穿毛皮、肌肉與心臟，不舒服的手感傳來。

同時溫熱的液體噴湧而出，飛濺在少年臉上。

頻頻痙攣顫動的肉塊壓了過來，新手戰士忍不住驚呼：

「嗚、嗚嗚……!?」

他以往旁撥開似的動作鬆手，身上插著劍的巨鼠就摔在地上。

腳下泛黑的血泊緩緩擴散，沾溼了少年的長靴。

「等等，你要不要緊？有沒有被咬？」

「喔、喔喔，我沒事。」

「……嗯。」

見習聖女態度冷淡，但仍快步跑向新手戰士身旁。

事到如今已無須再顧忌白色聖袍弄髒，但她甚至連指尖沾到也不放在心上，幫

他擦去臉上血汙。

「沒跑進眼睛吧？嘴巴呢？」

「嗯……有噴了一點進去。」

「你搞什麼啊，真是的。」

聖女拿他沒轍似的念了兩句，從背包拿出解毒劑（Antidote）。

新手戰士呸呸呸地吐掉鮮血，漱完口後，珍而重之地喝下了苦澀的藥水。

兩人都還是白瓷等級。

解毒的神蹟自不用提，連金屬盔甲與鍊甲，對他們而言都還是遙遠的夢想。

然而要是怠忽準備，會有什麼下場一目了然。

直到剛才還被巨鼠圍繞著啃食的，是具衣物破爛的屍體。

空洞的眼窩、撕裂的臉頰，本以為是遊民之類的人，但被咬破的脖子上掛著識別牌。

見習聖女抓起這塊小小的白瓷牌子，小心翼翼地用手帕包起，收進懷裡。

不管怎麼看，這位可憐的少女——識別牌上刻有性別——都並未穿戴護具。

多半是只穿著一身尋常衣物，拿著一根棍棒，就潛到地下，被巨鼠群起圍攻而咬死。

「……嗚、又來了。」

「不要說又來了。這不是我們的工作嗎？」

也不知道是因為同伴死去，還是受到飄散的血腥味吸引，下水道深處又出現了一隻新的巨鼠。

油燈的燈光下，朦朧地照出了有嬰孩大小的巨鼠身影。

「趕快把耳朵切下來當證據，不然會被吃掉的。」

「我？切？」

「耳朵！」

「妳總可以多擔心我一點吧……」

少年嘀咕之餘，仍然將手伸向插在屍體上的劍，握緊劍柄拔出……

「……奇怪？」

不。

也不知道怎麼回事，無論他如何用力拔，沒入肉塊的劍就是一動也不動。

他踩住巨鼠那彈力鬆弛而顯得軟爛的屍體施以全力，但仍舊拔不出來。

正忙著拔劍，眼睛有如烈火燃燒的巨鼠，已經慢慢逼近。

「啊，等、等一下，等等啊！」

「笨蛋，來了啦，來了來了來了。」

「嗚、哇啊!?」

千鈞一髮。

巨鼠張開血盆大口縱身撲來，少年打滾似的退開，整個人撞進堆起的穢物之中。

發臭的剩飯之類的東西黏到身上，但總比被咬而染病要好。

要是一個弄不好，甚至有可能遭受致命一擊（Critical Hit），當場被咬斷咽喉。

「GURUUURRRU……!」

低吼的巨鼠將尾巴像鞭子似的甩來甩去，威嚇新手戰士。

想必是把手無寸鐵的他當成了新的獵物，又把他背後的少女當成了第三個獵物。

從堪稱飢餓象徵的樣貌滴下口水的模樣看來，多半是不打算放他們離開。

當然，冒險者這一方若是在這種時候逃走，也不用再吃這行飯了。

「啊啊嗯，真是的……!」

見習聖女沒規矩地啐了一聲。

——呃，巨鼠會傳染疾病，又髒、又會攻擊人，是秩序之敵啊，秩序之敵！

光匯集到她如此說服自己而高高舉起的天秤劍，形成紫電。此乃雷電之劍。

「司掌審判、執劍之君，天秤之人呀，顯現萬般神力！」

下一瞬間，雷鳴般的「聖擊(Holy Smite)」化為刀劍，貫穿了巨鼠。

肉燒焦的臭氣與黑煙冒起，巨鼠頻頻顫動幾次，在地上打滾跳動，最後斷了氣。

少年不滿地噘起嘴，少女放下心中大石似的鬆了口氣。

「真好啊，天神的神蹟一發下去就搞定了。」

「別抱怨啦。要知道天神一天也就只肯聽我的祈禱一次。」

見習聖女瞪了出言不遜的新手戰士一眼。

「別說這些了，趕快拔劍，切下耳朵，我想趕快回去洗澡了。」

「好啦。」

新手戰士心不甘情不願地走向屍體，用力想拔出劍。

結果……

嗤。

「……」

「……」

一絲令人不舒服的聲響傳來。忽然聽見這樣的聲響，讓兩名冒險者對看了一眼。他們全身僵硬。

嗤。

嗤嗤。

嗤嗤嗤。

聲響來自黑暗深處。

見習聖女戰戰兢兢地舉起油燈。

照出一種黑得發亮的——大型昆蟲。

這種像是塗滿了油的昆蟲，不是只有一兩隻。

保守估計也有十隻以上。

這些昆蟲搖動細長的觸角，慢慢沿著地面爬過來。

朝向他們，張開下顎。

「咿——」

見習聖女喉嚨一顫。

「咿呀啊啊啊啊啊啊啊!?」

「笨蛋，我們快走！」

兩人連東西也沒空拿，手牽著手，連滾帶爬地在下水道裡拔腿狂奔。

背後有一大群黑蟲，伴隨著嗤嗤作響的駭人聲息，不斷逼近。

不知道距離出口，還有多遠？

就不說死也要死在龍手下這種奢侈的話了，起碼得是哥布林。不對，那樣下場也會很悽慘啊。可是——

至少，唯有被大黑蟲(Giant Roach)活活咬死，是他們萬萬不想領教的。

§

春季尾聲的陽光，彷彿要傳達夏季即將來臨似的，略顯炎熱。

「嗚、唔唔唔……」

朝陽射進眼裡，於是新手戰士就在草桿上舒展身體似的起身。

他想深呼吸而吸氣、吐氣，結果就聞到空氣中摻著獸臭與酒味，令他很不舒服。

然而比起下水道——在馬廄睡醒的感覺——應該還是比較好。

雖說冒險者公會還兼營冒險者專用旅館，但要住宿終究得花費。

在木板上鋪了墊被的那種簡易床鋪自然不提，旅館房間只是相對經濟一些（經濟房）。

雖然他也無意奢侈（豪華套房）……

「畢竟就是沒錢啊。」

他心有戚戚焉地呼出一口氣。昨天的冒險，說得好聽點也是重大虧損。

解毒劑一瓶、劍一把，而且並未達成進度，所以酬勞是零。

先前一直省吃儉用，勉強存下了一些錢，所以今天總算還不要緊。

但照這樣下去，他們遲早得捲鋪蓋回故鄉，甚至有可能淪為農奴與娼妓。

新手戰士離開故鄉的農村，成為冒險者，還只是短短幾個月前的事。

因為從小就認識的女生要去進行神職人員修行，若是放著她不管，很有可能會死掉。

雖然照她的說法是「因為你說什麼要進行武者修行，一副就是會死在野外的樣子，我才跟來的」。

他認為遲早有一天，得把雙方對這件事的認知差距說個明白。

不，應該說先前是這麼認為。但……

抵達邊境城鎮以來的這幾個月，每天每天都在剿滅老鼠，有時則是驅除害蟲。

──這就是冒險者的工作嗎……

這樣下去，滿懷的夢想將輕易萎縮，堅持與決心也多半會挫敗。

「……不想了不想了，不可以想這種事。」

新手戰士抖動身體，拍掉跑進衣服裡的草桿，站了起來。

身旁躺著一位爛醉如泥、狀似同行的大叔，正大聲打呼，翻身再睡。

另一頭則有幾匹馬，對這群礙事的室友送來狐疑的視線。

馬廄內看不到見習聖女的身影。

即使他的堅持已接近崩潰，至少還能夠撐住一口氣，讓她去睡簡易床鋪。

「好，今天也要……加油！」

還能強顏歡笑也是種氣力。新手戰士呼喝一聲，抓起行李，衝出了馬廄。

他首先就走向水井，拉起水桶，將一桶水往自己頭上沖。

然後拿起夾在腰間的擦手巾，用力擦拭臉孔。他還沒長鬍子。

「等蓄了鬍子，也會比較體面吧……但願如此。」

又或者，到時見習聖女會指著他大笑呢？新手戰士沉吟了一會兒。

總之該做的事情很多。

完成了勉強可說是整理儀容的工作後，少年立刻回到馬廄。

他從立在牆邊的農具中借用一把圓鏟，繞到馬廄後頭。

「呃，是哪兒來著了……」

由於昨晚回來後是在累癱的狀態下埋的，地點實在記不太清楚。

他朝地面摸索了一會兒，然後喊著「有了有了」，找到一處新的挖掘痕跡。

將鏟子往地上一插，用力踏進去、翻開土壤。就這麼忙了一會兒。

沒多久，他從土中翻出的，是新手戰士的裝備──皮甲與圓盾。

這是剛來到鎮上時，用身上僅有的一點錢湊出來的。雖然廉價，卻是他獨一無二的可靠裝備。

之所以特地把這些裝備埋起來，當然有其理由。

「……嗚嗚。臭味……嗯嗯……好一點了，吧。」

他把臉湊過去用力嗅了嗅，檢查氣味。

在下水道裡撞進整堆穢物，拚命逃竄的時候，並沒有放在心上。

問題出在回到地上之後。渾身臭得連他自己都受不了。

走在路上的行人自不用提，連同行都皺起眉頭，捏著鼻子。

回到公會報告，結果卻被櫃檯小姐面帶笑容地說：「請您去洗一洗」。

從見習聖女滿臉通紅，全身發抖著低頭不語來看……

──這可讓她難堪了啊。

他心有戚戚焉地這麼想。

於是他生疏地先洗了衣服，晾起來，然後洗澡、換裝。

至於皮甲與盾牌該怎麼處理，他苦思了一會兒後，也只能埋進土裡嘗試除臭。

他相信氣味有消散一些，用布條擦掉泥巴後，穿到身上。

如果是在旅館租了房間也就罷了，他實在沒勇氣把寶貴的裝備留在馬廄裡外出。

「嗚……」

這時，肚子在一種胃痛般的感覺中咕咕叫了幾聲。

他忍不住手按腹部，趕緊環顧四周。沒有一個人在。沒有一個人聽見。

仔細想想，他從昨天開始就只喝水。

天空很藍。朝陽很耀眼。

新手戰士嘆了一口氣。

「……就去吃飯吧。」

§

「……太慢了。」

見習聖女早已等在酒館。

就在一大早即被剛起床的冒險者擠得鬧哄哄的酒館內的一個角落。

看見少女鬧彆扭似的拄著臉頰，新手戰士來到桌前說了聲：「不好意思啦。」

「呃，早安。妳早餐呢？」

「已經吃了。」

見習聖女氣呼呼地說完，然後小聲回了句「早安」。

「別說了，趕快吃一吃。可以的話，最好下午能再下去一趟。」

見習聖女的桌前，有著一只盤底朝天的麵包盤。自己的座位上則擺著豆子培根湯與麵包。

新手戰士開口不知道該說什麼，一度閉起嘴，然後又開了口：

「對不起。」

「什麼事對不起？」

「沒有……」

再說下去，多半又會惹得她惱火。

——又何苦一大早就吵架呢？

新手戰士拿起湯匙，把湯送進嘴裡，見習聖女見狀「哼」了一聲。

「還有，你的衣服，還吊在馬廄裡吧？」

「啊，嗯。」新手戰士點了點頭。他咬下一口硬麵包，吞了下去：「因為還沒乾。」

「那晚點拿給我。你自己洗的話臭味根本洗不掉，我來洗。」

「呃……抱歉。」

「要是你身上會臭，不就連我都會被人以為有臭味？」

見習聖女說著撇開臉。

畢竟前一次的失敗，新手戰士難辭其咎。他說了聲「抱歉」，專心用餐。

撕下麵包，泡進湯裡，等泡軟後，再用湯匙撈起培根放上去。

然後送進口中，配著就只有鹹味但滋味很淡的湯，默默地一口一口吃著。

要是前鋒肚子餓而動彈不得，那就沒戲唱了。好好吃飯也是工作。

沒過多久，少年把湯匙放到空了的盤子上，然後點點頭。

「總之，得要有武器啊。」

「畢竟那把劍，放著不管就太可惜了說。」

「不是這樣。」

他表示並非如此，提起放在桌上的水壺，把水倒進杯中。

「就算要去找那把劍，也得要有武器。不是嗎？」

「你有錢嗎？」

「問題就在這裡啊。」

少年喝了一口水。見習聖女也把手伸向茶壺，所以少年幫她倒了一杯。

「謝謝。」她道謝，雙手把杯子捧到嘴邊。「你應該沒錢吧。」

「要去借嗎……」

「等等，別搞借款這種事啦。」

「不是啦，我是要去問問有沒有備用的武器可以借一下……」

商借武器。少年想起幾個認識的人，煩惱著不知道他們肯不肯出借。

如果只是借一把短劍之類的，也許很簡單，但只有短劍未免太靠不住。

但若要借長劍——自己弄丟過一把的這件事，實在非常不利開口。

信用這種東西，不是這麼容易就能培養起來的。

正當他忍不住深深嘆了口氣時……

「嗯？小夥子你怎麼啦，一大早就愁眉苦臉的。」

頭上傳來這麼一句話。

他不由自主抬頭一望，映入眼中的是名冒險者，身上扛著一把槍尖閃亮的長槍。

脖子上掛的識別牌，是第三級——銀等級的證明。

「啊、呃、呃……」

「我等一下就要出發去冒險（約會）。雖然沒時間，不過有什麼煩惱可以先聽聽再說。」

看到新手戰士不由得支支吾吾，以邊境最強聞名的長槍手剽悍地揚起嘴角。

新手戰士吞了吞口水，側腹被見習聖女用手肘輕輕頂了一下。他下定決心，點了點頭：

「其實，那個……我在昨天的冒險裡，弄丟了武器。」

「啥啊？」長槍手不由得皺起眉頭，以非常心有戚戚焉的口吻說：「這可損失慘重了啊」。

「我想去把劍撿回來，可是沒有武器……所以就想說，看能不能跟誰暫時借把備用的。」

「備用武器啊……這個嘛，我是有多，要借你也不是不行，但……」

長槍手把新手戰士從頭到腳細細打量過，接著做出結論。

「你力氣不夠吧。」

「嗚嗚……」

總算勉強發得出一點聲音。

長槍手的身型修長，讓人不太會用肌肉發達來形容，但自己和他終究沒得比。

畢竟體格就不一樣，慣用的武器重量當然也會出現差距。

「最重要的是，萬一又弄丟，憑你們大概賠不起吧。」

「是、啊。」

實在不想硬逼後輩擠出錢還債耶。

長槍手正發著這樣的牢騷，一名影子般的美女就輕巧地從他身後走到身旁。

魔女穿著一身強調豐滿身材的服裝，讓見習聖女不由得紅著臉撇開了視線。

「拿用不慣的，魔法，武器，實在，不太好，對吧？」

——連備用的武器都是魔法武器喔！

魔女嘻嘻笑著，輕聲說出的這句話，讓新手戰士瞪大了眼睛。

如果金屬鎧甲之類的裝備對他而言是夢想，那麼魔法武器則已經是傳說等級了。

——聽說如果運氣好，是可以在遺跡或迷宮裡發現啦。而且我也實際看過有人在賣。

但和自己買得起的金額相比，差了好幾位數。

「所、以。相對的，我，給你個，好東西。」

魔女一說完，就以風情萬種的動作在自己胸口翻了翻，拿出一根蠟燭。

蠟燭不是常見的白色，泛著幾分青色，仔細一看，似乎是文字造成這種錯覺。

新手戰士看不懂的複雜文字，以流利的筆觸在上頭寫得密密麻麻。

「這是……」見習聖女連連眨眼。「……蠟燭嗎？」

「對。」

魔女閉上一隻眼睛，像要揭露神奇祕密似的壓低了音量。

「這個，啊，是……尋物蠟燭。接近，要找的東西，就會，變溫暖。知道嗎？」

魔法物品（Magic Item）。新手戰士吞了吞口水。

也不必由他們自己使用，拿去變賣，金額應該夠買一把好劍……

「拿去賣掉，換錢，也行喔？」

這抹彷彿看穿他心思的微笑，讓新手戰士不由得低頭不語。側腹被見習聖女用手肘頂了一下。

「啊，不，不好、意思。真的很謝謝妳。」

「沒關係，的。只是一點，小小的幫助，對吧？」

新手戰士戰戰兢兢地接過來，魔女見狀瞇眼一笑。

「那，我們，要去冒險（約會）了。」

「喔。小夥子，你們可別死啊。」

長槍手最後粗暴地伸手在他頭上一陣亂搔，接著便瀟灑邁步。

魔女如影隨形地依偎過去，跟著從公會門口離開。

新手戰士腦袋上還留著那強而有力的手掌摸過的感覺，輕輕將右手貼了上去。

「……真帥啊。」

「對呀。」

見習聖女口中逸出一絲低語。

「也許吧。」

§

「不～行，不行不行不行不行。」

公會後頭的草地上，席地而坐的少年斥候（Scout）雙手大幅揮動說道。

「我也是前陣子剛弄丟了短劍，才跟別人借來用。要是我借你，老大會宰了我。」

「你說弄丟是怎麼回事？」

「被大蛞蝓（Giant Slug）溶解掉了啦。」

圃人（Rare）少女巫術師（Druid）蹙眉喃喃道：「真不知道在搞什麼。」

「大蛞蝓啊？好好喔……」

新手戰士噘起嘴，側腹被見習聖女用手肘頂了頂。

「我們是白瓷，對方是銀等級的團隊（Party），根本沒得比。」

「記得你們是去驅除老鼠？」

聽少年斥候問起，新手戰士皺起眉頭點了點頭。

「然後我就把劍掉在那了。」

「我倒覺得至少弄丟的不是什麼僅此一件的東西，就算滿幸運了。」

少年斥候轉頭一瞥的方向上，可以看見重戰士正將雙手大劍揮來揮去。

女騎士在呼嘯的勁風中穿梭而過，踏入劍圍搶攻。

她放開盾牌而以雙手舉起的長劍上，微微籠罩著一層這把劍賦予了魔力的證明。

硬砸、撥開、擊打、閃身、橫掃、下劈、卸力、切入、格擋。

武器是潛心之作，鎧甲也同樣精良。這些千錘百鍊的武器所發出的光輝，即使在太陽下也極為明顯。

「……好好喔。」

「你說哪個？」

「大劍（Great Sword）。」新手戰士手拄著臉。「雙手劍（Two-Handed Sword）。」

「還是別吧。」見習聖女不由得瞪大眼睛。「就算你來拿，不也只是變成風車嗎。」

「什麼意思？」

「是在說，只會白白用來搧風？」

「就是砍不中的意思啦。」

少女巫術師與少年斥侯的話，讓新手戰士鬧彆扭似的撇開了臉。

「砍中的話不就很猛？」

「應該說拿那麼重的武器，三兩下就會累垮吧。」

「可是很帥氣啊。」

「也很花錢喔？」

見習聖女豎起食指搖了搖，連連否決他的說法，讓新手戰士不得不閉嘴。

「簡直像施了『沉默（Silent）』呢。」

少年斥候哈哈大笑。

「你這豈不是被吃得死死了？」

「哎呀。」少女巫術師一臉風涼地哼了一聲，搖動短短的葉形耳朵：

「要不是我負責保管錢包，你不也老是在亂花錢嗎？」

搬石頭砸自己腳了。少年斥候咂舌，少女巫術師心滿意足地點了點頭。

「我說你，去找公會商量看看如何？」

「商量是指去借武器？」

「不是，是去問驅除老鼠的方法。說不定她知道什麼好點子。」

見習聖女沉吟了一會兒。

「有這麼簡單嗎？」

§

「沒這麼簡單耶。」

——果然。

櫃檯小姐為難地按著臉頰，見習聖女深表認同地對她點點頭。

「就是說啊……」

「不管大事小事，正因為不簡單，才會委託各位冒險者去處理。」

「如果輕輕鬆鬆就能解決，我們根本就不會接到這些工作了是吧……啊，請給我解毒劑。」

「好的好的，來。」見習聖女把對方遞出的藥水，仔細收進包包裡。

以前跑步跌倒導致藥水在包包裡擠破，就這麼浪費掉的苦澀回憶，想必不會白費。

「啊，要不要也來一罐回復藥水(Heal Potion)？」

「想要是想要……可是預算……那個，麻煩繃帶、藥草或軟膏就好……」

「果然沒這麼簡單呢。」

櫃檯小姐又補上一句「話說回來」，然後吊人胃口似的清了清嗓子。

「我也不是沒有事情可以告訴你們喔？」

「真的嗎！」

新手戰士起身時碰得椅子喀噠作響，往櫃檯探出上半身。

下午的冒險者公會裡——周遭只有寥寥幾名冒險者的身影。

許多冒險者早已接下委託，意氣風發地出發冒險去了。

他們就是特地為了找櫃檯小姐商量，才等到這個時間。

總不能連個線索都沒問到，就空手而回。

「什麼都好，請告訴我們！」

「說是這麼說，這方法其實很單純……」

櫃檯小姐就像要強調她那細心保養過的指尖似的，豎起了食指。

「就是要加強防守。穿上鍊甲之類的護具，讓老鼠或大黑蟲的牙齒咬不穿！」

「我們就是沒錢啊……」

新手戰士洩了氣，喀噠一聲癱坐到椅子上，發出十分窩囊的聲音。

櫃檯小姐見狀歪了歪頭，綁得很鬆的髮束順勢垂下。

「如果是中古貨，我們多少會賣便宜點。」

「那不是死人的東西嗎？」

見習聖女不寒而慄似的這麼一說，櫃檯小姐便有些不滿地嫌她失禮。

「我們也經手退休人士的折舊品或拿來變現的裝備，根本沒有什麼詛咒物。」

「可是也有死掉的人的裝備吧？」

「這，是沒錯……但又不包括變成亡者(Undead)的人……」

櫃檯小姐的目光一瞬間游移了。但她立刻重新貼上笑容：

「再說，裝備就是裝備！」

新手戰士深深嘆了口氣。

——不管要做什麼都缺錢啊。

「……還有沒有什麼別的辦法？」

「再來就是，我想想……啊啊，兩位用油燈嗎？」

「用啊，就是冒險者組合裡的。」

見習聖女稍稍顯得有些不耐煩，但仍點了點頭。

冒險者組合——是由繩索、油燈、白粉筆與幾根岩釘組成，成套販賣的商品。

目前為止除了油燈以外都派不太上用場，所以她其實有點後悔。

「也有人不提油燈，用火把當武器唷。」

畢竟老鼠或蟲子都討厭火。櫃檯小姐笑咪咪地這麼說。

「誰呀？那樣的冒險者……」

「您問是誰，那當然是——」

櫃檯小姐說到一半，笑意就像花開似的在臉上綻放。

新手戰士被她的視線吸引，看向冒險者公會的入口。

雙開式彈簧門咿呀作響地打開，一陣衝鼻的鐵鏽味灌了進來。

「呃！」也難怪新手戰士會忍不住出聲。

從入口出現的，是位風貌特異的冒險者。

他戴著廉價鐵盔、身穿髒汙皮甲，手上綁著一面小圓盾，腰間掛著一根簡陋的棍棒。

哥布林殺手——眾人這麼稱呼這名冒險者。

「哥、哥布林殺手先生，就說還太早了啦……」

「是嗎。」

他身後有名身上白色聖袍染滿紅黑髒汙的女神官，踩著搖搖晃晃的腳步跟上。

哥布林殺手短短應了一聲，認出待在櫃檯的兩人後，大剌剌跨出腳步。

接著在等候室的長椅重重坐下，女神官軟倒似的在他身旁癱坐下來。

櫃檯小姐手放在腰間高度，小幅度地打了個手勢，見狀後也一副拿他沒轍的模樣瞇起眼睛。

「我是一直都有請他弄乾淨點啦，因為這樣容易被大家誤會。」

她發完牢騷，注意到新手戰士與見習聖女表情僵硬。

「兩位怎麼了嗎？」

「啊，沒有，這個……」

「呃……」見習聖女尷尬地搔了搔臉頰。「之前我不小心說了失禮的話……」

記憶猶新。不過短短幾個月前的事。

兩人曾懷疑他拖著新人到處跑，拿菜鳥當誘餌——……

現在回想起來，當時的想法實在失禮，甚至只是出於一種可笑的正義感，想把女神官挖角過來。

「啊啊。」櫃檯小姐想通是怎麼回事，嘻嘻一笑。

「不必擔心，他不會在意這種事的。」

「是我們會在意……」

新手戰士說完，忽然眨了眨眼睛，拿袖子用力揉了揉眼瞼。一股不對勁的感覺湧現。

廉價的鐵盔、髒汙的皮甲，手上綁著一面小圓盾，腰間掛著一根簡陋的棍棒。

——棍棒？

「……我記得他不是用劍的嗎？」

「聽你這麼一說……」

見習聖女也把頭轉過去。

「……嗯，而且是超像便宜貨的那種。」

「就是說啊。」

「而且，那個女生也全身沾到了血……」

不知道是出了什麼事？兩人正歪頭納悶，櫃檯小姐就呵呵微笑了幾聲。

「兩位好奇嗎？」

說完還刻意拿起手上整疊文件，咚咚兩聲在桌上整了整。

「冒險的事情，終究還是問冒險者最好吧。」

「唔、唔嗯～……」

可是，那個人是哥布林殺手。

不過同時也是銀等級、第三階的冒險者。

可是，他是哥布林殺手耶？

「……好！」

猛然起身的，是見習聖女。

「啊、喂、喂……！」

「如果只是問問看，」她奮力正視前方，撂下這句話：「又不用錢！」

接著就丟下慌了手腳的新手戰士，滿懷決心地大剌剌踏出腳步。

新手戰士看了櫃檯小姐一眼。她臉上仍掛著笑咪咪的表情。

「啊啊，真是的……！」

新手戰士倏地起身。

櫃檯小姐依舊在笑。

§

「請問……」見習聖女一開口，「嗯～？」女神官就做出有些呆滯的回答。

他們的冒險才剛結束。見習聖女為時已晚地想到應該考慮攀談的時機，頓時紅了臉。

「什麼事。」

「嗚……」

接著，過分低沉、無機質、平淡的聲音傳來。

鐵盔緩緩轉動，視線隔著面罩刺向這邊。眼前是位身上盔甲沾滿紅黑色血漬的男子。

──這傢伙真的不是活鎧甲（Living armor）嗎？

見習聖女想到這種失禮的念頭，吞了吞口水。

「我、我說啊！」

這時新手戰士像要護著她似的，猛然攔在雙方之間。

「喂！」但他無視見習聖女這聲抱怨，以輕鬆的口氣說下去。

「我們是、有事情想問你。」

「什麼事。」

哥布林殺手答得簡短，接著又低聲說了一句話。

坐在他身旁的女神官，一直在搖搖晃晃地點著頭。

「安靜點。」

「啊，嗚，不、不好意思……」

新手戰士有些破音，手也僵硬得不聽使喚。或許是因為緊張，全身還微微發抖。

見習聖女輕輕握住他的手，握住他那粗獷而滿是傷痕的手。

「……剛完成的工作很辛苦嗎？」

「因為有點缺錢。」

說著哥布林殺手搖了搖頭。

「讓她勉強陪我。」

新手戰士吞了吞口水，回握見習聖女的手。

「我有問題想問你。」

深呼吸一次，僵硬的感覺從新手戰士的手上消散。

「請問你為什麼，用棍棒？」

「因為從哥布林手上搶來。」

他的回答非常乾脆。

「搶、搶來？」

「投擲、突刺。會折斷、毀壞。即使用正確的方法劈砍，一把劍也砍不了五隻。」

看似有回答，卻又不像回答。

——不，會不會這正是答案？

「唔。」新手戰士沉吟起來。

「……如果是老鼠，或蟲子，如何？」

「唔。」哥布林殺手也低聲沉吟。

「老鼠，或蟲子？」

「……對。」

「難說。」

他話鋒一轉，輕輕拍了拍掛在腰間的棍棒。

「……揮下去，打中的話，應該會有傷害。至少，不會碰到刀刃缺損。」

靠在他身上的女神官忽然全身一震。

「很輕鬆。」

「輕鬆……」

「我要走了。」

哥布林殺手對陷入思索的新手戰士短短說了一聲。

接著鐵盔轉向揉著惺忪睡眼的女神官。

「妳要休息嗎？」

「啊，不……我、我要去！」

「是嗎。」

女神官為了跟上他大剌剌的腳步，慌慌張張起身。

就在正要跑上前之際，又轉過身來，朝兩人一鞠躬。

「啊，那、那個──」

「是？」

機會只有現在了。

見習聖女忍不住叫住她，讓女神官歪頭回問：「什麼事呢？」

「呃，妳為什麼……渾身是血？」

「啊啊……」

女神官以有點可疑的表情發出這麼一聲，臉頰微微泛紅。

「……可、可以請妳，不要問嗎？」

「這、這樣啊……？」

「啊，不、不過，這不是受傷之類的情形，所以我沒事的！」

女神官以疲憊的面容，堅強地朝見習聖女露出微笑。

儘管沾滿汗水與塵土，但她的笑容裡沒有一絲陰影。

在她胸前搖動的識別牌不是白瓷，而是黑曜。

見習聖女呼出一口氣。

「我說啊。」

「什麼事呢？」

「上次，對不起喔。」

「？」

「因為我好像有過天大的誤會。」

女神官瞪大了眼睛，接著連連眨眼。

「──不會！」

然後她突然變得生氣勃勃，雙手用力握緊錫杖。

「一點問題都沒有。別看他那樣，其實人很好──」

「妳不來嗎？」這時遠處傳來這句冷冷的話。

女神官說了聲「我們下次再聊」，對兩人一鞠躬。

接著按住帽子，慌慌張張地跑過去，去到停下腳步的哥布林殺手身旁。

「怎麼？」他問。「什麼事都沒有。」她回答。

「疲勞嗎。」

「啊，不是……呃，可是，也許我真的有點累了。」

「多少要休息。」

即使站在遠處，兩人也看得出女神官點頭回應「好的」時，臉頰微微放鬆了。

見習聖女輕舒一口氣，轉了轉肩膀。

「……我們也一樣。」

「嗯？」

「我們也加油吧。」

「好。」

§

「好～準備好囉！」

「來，那我們就一樣一樣用手指出來檢查！」

天剛亮的郊外。

被藍紫色朝霞照亮的下水道前，傳來少年少女有朝氣的吆喝聲。

「解毒劑（Antidote）！」

「帶了！」

「傷藥！」

「軟膏和藥草，帶了！」

「冒險者組合的油燈、油，還有火把！妳呢？」

「照明！」

「尋物蠟燭……呃，地圖！」

「帶了！應該說接委託的時候就會借來看，當然有帶著嘛。」

「不要抱怨。下一個，護具！」

「皮甲還有點臭……還有就是盾牌吧。好啦，妳也轉個一圈看看。」

「咦咦……我又沒打算穿聖袍受到攻擊。」

「少廢話，讓我看看。不然檢查不就沒意義了？」

「好好好……啊，還有武器！」

「帶啦。」

新手戰士說著，用右手握緊一根全新而粗獷的棍棒。

這根新得彷彿連價格標籤都還沒撕下的棍棒，即使對常人而言是便宜貨，對少年來說仍然不便宜。

見習聖女看著棍棒，點點頭說：「好」，然後攤開雙手轉了一圈。

白色聖袍的衣襬輕飄飄地晃開。儘管到處有撕裂或勾破的情形，仍保持得十分乾淨。

「如何？」

「晚點可能縫一下會比較好。」

「也要有那個餘力去縫就是了。」

見習聖女手扠著腰，以現況十分嚴苛似的口氣慘叫：

「要是今天沒達成進度，我們可是會破產啊，破產！」

「明明就沒那麼吃緊吧……」

「我是說要用這樣的覺悟去拚！」

見習聖女的天秤劍，筆直指向口氣悠哉的新手戰士。

「我們會連回故鄉的錢都沒有，你得去當農奴，我得去當……呃，那個……」

「娼妓？咦……不，妳沒辦法吧？」

「不要講出來啦，笨蛋！」

少女臉頰緋紅，一記拐子──從皮甲接縫之間──頂在少年的側腹上。

見習聖女低頭看著痛得按住肚子哀號的他，哼了一聲。

「總之，懂了嗎？」

「懂、懂了。懂是懂，不過……哎，好吧。」

新手戰士搖搖晃晃地重新站好，拿妥行李，精力充沛地點了點頭。

「我們就想辦法拚拚看！」

邊境之鎮——這個位在其中一處拓荒地的城鎮，之所以會有下水道，當然是打造出來的。

姑且不提水之都那種在古代遺跡上建造城市的情形，無人的荒野上自然不會有都市結構。

是前人找來了礦人(Dwarf)工匠、魔法師與熟練的人手，建造了這些石造地下水道。

是城市繁榮了才建造下水道，還是因為建造了下水道、才讓城市繁榮起來？

新手戰士並不清楚何者為先。

——應該說，我連這實際上是怎麼運作都不知道啊。

穿過生鏽的鐵門，下了樓梯後，就是一處陰森昏暗的石造迷宮(Dungeon)。

兩側步道夾著有汙水流動的水道往前延伸，腐敗的臭氣在內部翻騰。

新手戰士忍不住用布摀住口鼻，見習聖女也皺起眉頭，塞上鼻栓。

儘管是新建的下水道，仍會湧出巨鼠與大黑蟲，據說是因為其中存在汙穢。不祈禱者莫名地就是會自然出現在這種地方。

正因如此，重要的是趁其引來更大的威脅前先行驅除，據說是這樣——……

「那麼，我們該往哪兒走才好？」

「啊，等、等一下！」

新手戰士毫不鬆懈地——是指就他而言——戒備著，見習聖女在他身旁趕緊翻找行李。

她用打火石擊打，點亮油燈掛在腰帶，再掀開遮罩，把火苗移至蠟燭上。

尋物蠟燭燃起不可思議的蒼白火焰，將一股熱力緩緩傳到見習聖女手中。

「……怎麼樣？」

「是很溫暖，不過還看不出什麼……」

「妳可要好好想著我的劍喔。」

只是話說回來，這一趟的目的固然是找劍，但同時也是為了驅除老鼠而來。兩人必須爭取達成進度。

新手戰士下定決心，踏出腳步，彎過幾條水道，隨即來到一處偏僻的角落。

是他們潛入、探索多次的過程中，所找出的巨鼠聚集處。

「……喔，有了有了。」

或許是因為水流的流向，有許多鎮上丟棄的食物匯集到這裡。

一隻、兩隻，鎖定這些廚餘，圓滾滾的巨鼠接連出現……

新手戰士朝慣用手吐了吐口水，讓手適應握柄，然後一口氣展開衝刺，撲了上去。

「喝、呀啊！」

「ＧＹＵＵＩ!?」

一隻巨鼠趕緊跳開，但新手戰士逮到了只顧著大快朵頤的另一隻。

和劍完全不一樣的感覺與打擊聲。猛力敲在肉塊上的手感。

慘叫打滾的巨鼠還活著。

「去死、吧！」

「別怪我」之類的感慨，他從一開始就已經捨棄。

不殺就會被殺。要是被牠用門牙咬上喉頭，自己也是會死的。

「喔，啊啊！」

巨鼠一離地，便露出利齒飛撲上來。

新手戰士整面盾牌迎頭砸了過去。

將近十公斤的肉塊劇烈碰撞的衝擊，令他持盾的左手發麻。

「混、帳！」

但就體重差距而言，是新手戰士有利。

他像是要滾倒在骯髒的路面上一般向前進逼，揮起棍棒砸在巨鼠脖子上。

這當中沒有任何技藝可言。巷子裡的街頭打架都比這種戰法高明些。

「GYU！」

像是折斷溼樹枝似的一聲悶響中，巨鼠的頸椎應聲碎裂。再一棍。巨鼠抽搐。

新手戰士確定牠的眼睛已經看向不對的方向，這才擦了擦額頭的汗水。

「還、有，另、另一隻呢……!?」

「已經跑掉啦。」

新手戰士趕緊朝四周一看，以緊張的神情舉著天秤劍的少女才鬆了口氣。

她大步走向少年，俐落而熟練地檢查他身上有無傷口。

新手戰士也把手掌握住、張開，並輕輕伸展手腳，檢查身體有無異狀。

沒有疼痛。也沒有被咬。老鼠雖然冒出血沫，但他身上並未濺到血。

「不要緊，吧。」

「……似乎是呢。」

見習聖女說了聲「很好」。看來解毒劑和傷藥都不必用。

「所以，這棍棒怎麼樣？」

「這個嘛，我也不太清楚……」

新手戰士無謂地拿著手上的棍棒空揮了一下。

即使不像劍那麼銳利，但那超乎劍之上的分量，硬是讓他覺得靠得住。

「雖然不清楚，但這玩意砸下去，會死啊。」

縱然看起來離長槍手的瀟灑、重劍士的豪邁都極為遙遠這點，讓他不由得嘆氣。

不管怎麼說，總是先解決了一隻。

這是個好兆頭。

§

「蠟燭，怎麼樣？」

「嗯……往這邊會變暖吧。」

「這麼說來，是往西囉？」

每次來到轉角，都由見習聖女舉起蠟燭檢查方向，然後再一起前進。

很遺憾的，也不知該不該說是不出所料，昨天打鬥的地點找不到劍。是巨鼠帶走了，還是被那些大黑蟲給擠去別處了呢……

「又不是哥布林，應該不會當成財寶囤積吧？」

「等等，不要講這麼可怕的話嘛。」

見習聖女狠狠瞪了新手戰士一眼，用手肘往他肚子上一頂。

「要是城鎮底下躲著一群哥布林，那可不是開玩笑的耶！」

「說得對啊。」

到時候就真的輪到哥布林殺手出場了。

兩人被腐臭薰得快要受不了，仍小心翼翼地一步步進行探索。

之後他們解決的巨鼠一共有三隻，大黑蟲則有一隻。

棍棒沾上一層黏膩的液體，已經開始呈現出一種身經百戰的風格。

「血……還是該說汁液？打下去會像這樣濺出來，真的是盲點耶。」

「難怪連哥布林殺手……」見習聖女說得吞吞吐吐。「……先生，也會弄髒。」

——只是話說回來，棍棒十分沉重，在戰鬥中連續揮舞比揮劍要累多了……

「但可以什麼都不用想用力揮就好，也算輕鬆吧。」

「你可別又弄丟了。」

「喔——……」

新手戰士一邊悄悄窺看轉角另一邊，一邊被這一針見血的意見說得回不了嘴。

目前出現的老鼠都小，所以沒有問題。

他一邊朝背後的見習聖女招手，一邊一步步往深處踏進去。

小老鼠從腳下穿梭而過，看到牠長長的尾巴，讓見習聖女小小尖叫一聲。

「啊，對了。」

「怎麼？你又想到什麼無聊的事了？」

「不是啦。」

新手戰士趕緊搖搖頭，順便查看左右是否安全，然後在路旁癱坐下來。

「妳身上有沒有什麼帶子之類的東西？」

「繩子不行嗎？」

「要細一點。」

「如果是綁頭髮用的，倒是有……」

「那會幫我大忙。」

她在包包裡用力翻找一陣子，拿出髮帶後，說了聲「要還我喔」遞了出去。

新手戰士接過帶子，開始弄了起來，她在他身旁蹲下，湊上前看。

「也好。等拿到錢，我再買條新的。」

「你可要乖乖從你的那一份出。」

「當然當然。」

他做了簡單的加工。

把帶子牢牢綁在棍棒的握柄上，剩下的部分綁成一個繩圈。

只要把手腕穿過繩圈來握住……

「看，這樣就不會掉了。」

「哼~……？」

見習聖女盯著這現成的吊帶看了好一會兒，然後哼了一聲。

「以你來說做得挺好的吧？」

「哇，好過分。」

「回去以後我幫你綁個好一點的。」

見習聖女嘻嘻笑著站起，正要看蠟燭指向何方而舉起火……

「嗚啊、好燙!?」

結果差點脫手落地，趕緊重新拿好。

「喂，怎麼啦？」

新手戰士覺得不對勁，握緊棍棒站起。

他雖然本事還不夠純熟，但仍舉好盾牌，全力警戒著四周，少女對他搖了搖頭。

「沒、沒什麼。只是，這個好像，愈來愈熱……」

「變得愈來愈熱？這也就是說……」

仔細一看，燃起蒼白火焰的尋物蠟燭，火勢正迅速增加。

新手戰士與見習聖女不由得對看了一眼。

「正在接近？」

能夠注意到從天而降的聲息，實實在在完全出於幸運（Critical）。

新手戰士情急之下，幾乎推倒見習聖女，護著她跳開。

「呀!?等，你做什……」

「笨蛋，快看！」

那就像是一大團黑色的物體。

全長想必有六呎（約兩公尺），比平常看到的大了將近一倍。

外殼有光澤，還有六隻滿是刺的腳。

搖動鋼絲般細長的觸角，讓有著尖銳牙齒的嘴咬得喀嘰作響。

「……蠟燭怎麼樣！」

「非常燙！」

「在**那玩意裡面**喔！」

巨型黑蟲（Huge Roach）嗤嗤作響地動了起來，兩人發出慘叫，拔腿就跑。

§

「怎、怎怎、怎麼辦啦!?」

「你問我我問誰……!」

天花板、地板、牆壁。巨大的黑蟲飛簷走壁地爬行，不是普通的可怕。

至於說哪裡可怕？被追殺固然可怕，但最可怕的還是會活生生被那東西給吞下去。

特地成為冒險者，可不是為了被老鼠或蟲子咬死……！

「可是，再這樣下去會被追上的……！」

拚命跑在下水道的兩人，目前之所以還能平安，全是多虧第一時間採取行動之快，以及一開始拉開的距離。

巨型黑蟲的敏捷，不是凡人（Hume）──至少不是白瓷冒險者所能相比。

顯然再過不了多久，就會被追上而吃掉。

──得在被追上之前返回地上……不，這太難了吧……！

要回到地上，就得攀爬鐵梯上去。一旦攀爬時遭到攻擊，就會當場完蛋。

畢竟黑蟲會飛。相信巨型黑蟲也會吧。

「要乾脆跳進水裡嗎!?」

「若是一跳之下染上黑死病之類的，不就得不償失了！」

「那……就找看看窄路！鑽進去也許牠就追不上……！」

「行不通啦！黑蟲的身體有夠柔軟的！」

兩人跑進狹窄通道後才正喘口氣，黑蟲卻扭曲身體擠了進來。

無路可逃的程度嚴重到光想像都會不寒而慄。

「既然這樣，不就只能硬著頭皮打了……！」

「可是，要怎麼做!?」

這激發人生理厭惡的嗤嗤聲，已經逼近到咫尺之遙。

新手戰士將視線落到握緊的棍棒上。

只要不斷揮棍猛擊，就殺得掉。這點錯不了。那麼，該怎麼實踐才好？

——就這樣揮下去是不可能打中的。

畢竟黑蟲動作那麼快，要是不想辦法絆住牠，應該是打不中。他的本事不夠。

「喂、喂！妳的『聖擊（Holy Smite）』打得中嗎？」

「不知道……！因為瞄準的不是神，是我啊！」

「如果對方是直線衝過來呢!?」

「那就，可以……！」

「好！」

之後就只是情急之中的判斷。既然決定要做，就非做不可。

新手戰士將油燈從見習聖女腰帶上一把扯了下來。

「呀!?等、等等，你做什麼啦……!?」

「要是活下來，我就讓妳罵個夠！」

新手戰士對尖銳大叫的她吼了回去，同時回頭看去。

巨型黑蟲已經近在眼前。大嘴低著黏液，咬得喀嘰作響。

新手戰士倒抽一口氣。

「吃我這招！」

接著他將油燈砸到巨大黑蟲的面前。

油燈砸在地上，便宜的外殼撞得變形，噴出了火焰。

巨型黑蟲高聲鳴叫，張開翅膀飛翔。光是這種模樣的噁心感，就足以讓人失去戰意。

感受著長褲內側的溼熱，新手戰士用力咬緊發顫的牙關。

「就是現在，動手！」

「——咦、咦、啊……！」

見習聖女呆滯地發著抖，但仍回應新手戰士的喝叱，舉起天秤劍。

「『司掌審判、執劍之君，天秤之人呀，顯現萬般神力』！」

接著雷鳴之劍直線迎擊這汙穢的昆蟲。

雷電迸發，蒼白的光芒耀眼地掃去了下水道裡淡淡的黑暗。短短一瞬間的神蹟。

空氣與甲殼素燒焦，一種像是火燒心的臭氣與煙霧當場翻騰起來。

巨型黑蟲難看地以肚子朝天的姿勢摔在地上，六肢忙碌地蠢動，試圖翻身。

「唔、喔、啊、啊啊啊啊啊啊啊啊！」

這時新手戰士舉起棍棒，撲了上去。

他跨到黑蟲肚子上，也不理會牠長了尖刺的腳如何搔撥，把盾牌塞進牠嘴裡。

黑蟲的牙齒陷進用油煮製的熟皮革上，但這之後新手戰士已經什麼都管不著了。

他像野獸似的胡亂呼喊著，專心致志地將棍棒舉起、揮下，朝黑蟲敲擊、粉碎。

無論是飛濺的黏液，還是從被抓傷處滴下的鮮血都毫不在意。要是在意，就會被殺。

因流汗而變滑的握柄從手掌中滑脫。他靠著綁在棍棒上的吊帶重新握好，用力砸下去。

打。打。打。打。打。打。總之就是打個不停，一打再打。打到死為止。

「喔、啊、啊……哈……啊、嗚……」

過了一會兒後，他終於撐不下去。身體缺氧了。

他昏昏沉沉地搖了搖頭，想甩開因熱氣而火紅的視野。

一個不小心差點往旁一倒，見習聖女伸出手扶起了他。

「你、你還好嗎……!?」

「……大、大概。」

不知不覺間，少年已經從頭到腳都濺滿了黑蟲的體液，握住棍棒的右手尤其嚴重。

原應有著黑蟲頭部的位置，現在只剩一灘爛泥般的黏液。

但最可怕的大概就是牠生命力的殘渣，讓六肢仍然持續抖動吧。

「還……還活著嗎？」

「離、離遠一點……很、危險。」

新手戰士吞了吞口水，從腰帶拔出做為工具的短劍。

他用短劍插進黑蟲六肢與軀幹連結處，半切半折地一根一根切斷。

若非如此，他實在無法放心。

等到這樣的措施重複做完六次，手指已經僵硬而疼痛不堪。可是，還沒結束。

「呃，是肚子……對吧？」

少年用雙手反手握持短劍，舉起，插下。體液噗哧一聲噴出。

劍尖碰上堅硬的物體，他下定決心，把手插進黑蟲肚子裡，將東西抽了出來。

「有了……」

他不明白這隻巨型黑蟲是怎麼會冒出吞下這把劍的念頭。

但從牠肚子裡抽出來的，無疑是當初拚命買下的第一把武器。

「……從今天起這把劍就叫做穿胸劍（Chestbuster），棍棒就叫做黑蟲殺手（Roach Killer），怎麼樣？」

「……別說傻話了，趕快喝一喝解毒劑（Antidote）回去了啦。」

少年從頭到腳都濺滿體液，模樣變得狼狽又寒酸。

少女的腰帶被扯斷而露出的雙腿冒著一絲熱氣，滴落某種液體。

這些他們兩人都假裝沒發現，為這場偉大的勝利露出了乾澀的笑容。

§

暮色籠罩住邊境之鎮。

「唉……」

在河裡用水當頭往自己身上沖，把目光從正在洗內衣褲的搭檔身上撇開，去公會報告。

仔細檢查裝備，把用掉的藥物買齊，治療全身的擦傷，付簡易床位的使用費。

到頭來，剩下的就只有現在新手戰士掌中的幾枚銀幣。

接下來得開始存錢——……就不知道到底有沒有賺到幾個錢。

蹲在冒險者公會門口旁的新手戰士，也忍不住想嘆氣。

「等等，你發什麼呆啊？」

「嗯～……」

見習聖女用毛巾按住弄溼的頭髮，來到他身旁。

新手戰士含糊答應一聲，同時將目光望向門口來來去去的人們。

冒險者們各自扛著自己的吃飯傢伙，有著走向鎮上，有的走進公會。

每個人都有自己的一套裝備，臉上同時帶著疲憊感與成就感。

少年少女的經驗還不夠，無法從中看出今天沒有冒險者陣亡。

「只是想到……目標還好遙遠啊。」

「你又不是今天才知道。」

見習聖女粗重地哼了一聲，在新手戰士身旁一屁股坐下。

「一天前進一步！就是因為要求更多，才會沒顧好腳下。」

「話是這麼說沒錯啦。」

「我們不是拚了命努力、做出貢獻、領到錢，而且還活著嗎？那還有什麼好挑剔的？」

「話是這麼說沒錯……啦。」

他將手上的銀幣舉向夕陽。閃爍的光芒十分耀眼。

「……還好遠啊。」

「……就是呀。」

——可是我今天也幹掉了巨鼠跟巨型黑蟲喔。

要當成英雄事蹟來吹噓，是小家子氣了點，但無疑是場性命交關的戰鬥。

「好，就去吃點好吃的東西吧！」

新手戰士說著，將銀幣扔向見習聖女。

「……也對，今天就小小奢侈一下好了。」

總有一天，總有一天，總有一天。

我想成為勇者，想成為英雄。

想成為一位打倒龍的——冒險者。

銀幣在站起的少女手中，鏘啷地碰出幾聲輕響。

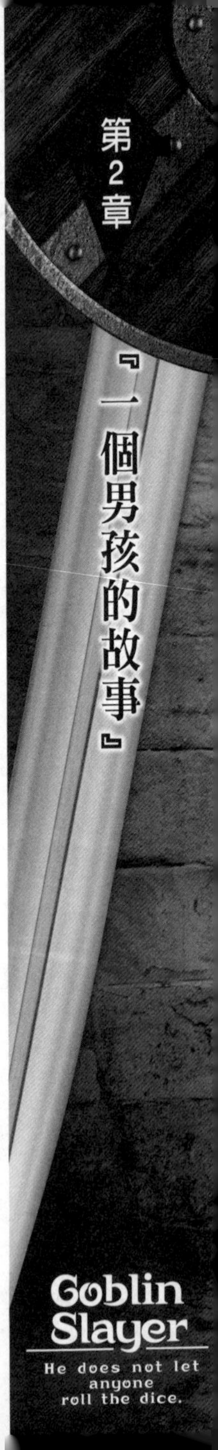
Goblin Slayer
He does not let anyone roll the dice.

第2章『一個男孩的故事』

「你喔，要睡到幾時啊！起床！」

姊姊的聲音宏亮地穿透早晨的空氣，撼動少年的耳膜。

他正說著嗯該怎麼辦好呢之類莫名其妙的話，下一秒就有一陣白光刺在眼瞼上。

朝陽——是早上。早晨來臨了。

「早上!?」

少年從草根鋪成的床鋪上跳了出來，大大伸了個懶腰。

深深吸進的一大口空氣，冰冷卻又令人舒暢，還飄來一種很香的氣味。

——是麵包吧！

是早餐。

「再不趕快起床，我可要收掉早餐囉！」

「知道啦！」

少年用吼的回答姊姊，迅速脫掉睡衣，換上該穿的衣服。

一到早上，一分一秒都不能浪費。而且肚子也餓了。

——為什麼一閉上眼睛，轉眼就變成白天，肚子卻會餓得這麼扁呢？

憑姊姊的學識，會不會知道呢？他很想問問看，但現在更重要的是早餐。

「早啊，姊姊！」

「應該要好好說聲姊姊早安才對吧？」

衝到廚房兼餐廳兼起居室——這房子很小——姊姊已經氣呼呼的了。

「真受不了。你就是這樣，才會弄得還得讓那孩子來看顧你。」

「唔……這不關她的事吧。」

聽姊姊提起住在隔壁的兒時玩伴，讓少年也氣呼呼地噘起了嘴。

就因為年紀輕輕卻什麼都難不倒她，才害自己老是被當弟弟看待，處處受人照顧。

這莫名讓他覺得不滿，但即使說出來，姊姊也只笑咪咪地聽著。

受不了，既然是姊姊，實在希望她能體會一下弟弟的心情。

「別說那麼多了，趕快吃一吃。」

「……好。」

姊姊無情地撇開他的反駁，還拿湯勺指揮他上餐桌。

擺放在餐桌的盤子上，有著熱騰騰的麵包，以及冒著熱氣的牛奶湯。

遇到雞下蛋的日子，還會放上炒蛋之類的菜色，但這種事不是天天有。

只有殺了雞後姊姊才肯做的燉濃湯，是他最喜歡的菜色。

美味的香氣對肚子不好。

少年心想沒理由把飯菜放到涼掉，於是拿起湯匙準備直接開動。

下一秒，本來背對他、顧著鍋子的姊姊就像看穿這舉動似的，丟來了這麼一句話。

「啊，也別忘了祈禱喔！」

少年心不甘情不願地把湯匙放回桌上，雙手交握。

「尋求比河多、比海大之人呀，感謝您賜予獲取糧食的智慧。」

「很好，合格！」

在開拓村這樣的地方，一般都是信仰地母神，但自己家不一樣。這對少年而言是令他自豪的。

姊姊在知識之神的寺院裡學會讀寫與算術，現在已經漸漸轉為教導他人的立場。

也多虧如此，他才能在雙親死去後生活下去，所以得感謝知識之神才行。

——可是。

少年一邊喝著湯，撕下麵包用湯泡漲了吃，一邊想著。

——我想當的，是冒險者啊……

雖然對姊姊實在說不出口。

§

「不要去東邊的森林喔！」

「我知道！」

「中午前要回來，去寺院喔！」

「就說知道了嘛！」

少年從嘮叨的姊姊丟來的叮嚀下跑開，跑在打從出生開始就很熟悉的一條路上。

——啊，說從出生開始就熟是不是太誇張了？

前陣子生日時，姊姊送他的木劍，在背上搖動碰撞。

最近他最喜歡做的事，就是揮舞這把木劍，扮演冒險者。

當然了，對當事人而言，無疑是把過程看作不折不扣的冒險。

——今天團隊(Party)裡缺了一個人啊。

隔壁家的女孩，今天出門到鎮上去了。實在是太詐了。

「連我都還沒見識過說。」

他拔出背上的劍，無謂地揮著，劈得樹叢枝葉飛散。

「喔喔，小夥子！你在有人的地方這樣揮來揮去，很危險喏！」

結果斜對面的農家大叔，理所當然地出聲指責。

或許是正要來幫田地澆水吧。只見他喀啦一聲，挺直了彎著的腰。

「……知道了——」

自己的名聲就是姊姊的名聲。少年倒也以自己的方式認真意識到這一點，把劍收回背上。

「對不起。」

「喔喔，要小心啊。」

農夫用力搥了搥腰，一臉笑咪咪的，像要歇一會兒似的從田裡走了出來。

他一路走到少年身旁，呼出長長一口氣，同時拿起塞在腰帶上的手巾來擦臉。

他的臉上滿是土壤、塵埃、泥巴與汗水，手巾轉眼間就髒成咖啡色。

「平常跟你一塊的那女孩怎麼啦？」

「她今天去鎮上了。」

少年噘起嘴這麼一說，農夫就連連點頭說：「是麼是麼。」

「那孩子長得標致，父母會在鎮上買件漂亮衣服給她唄，小夥子你應該也很想看看？」

「我覺得她不適合打扮。」

少年噘起嘴，農夫用沾滿了泥巴的粗獷手掌，在他頭上搔了一陣。

農夫見他任由自己亂搔，又哈哈大笑。

「哎，這種話還是實際看過再說比較好唄。剛剛的咱會保密。」

「嗯……」

「喔喔，小夥子，你下午不是要去寺院？」

「嗯。因為姊姊要我念書。」

「那是好事情。」

農夫連連點頭稱是，然後皺起眉頭，用拳頭搥了搥腰間。

「其實啊，咱又～傷了腰，麻煩幫忙跟僧人們說咱想討個藥。」

「知道了。腰痛的藥對吧？」

少年點點頭，農夫就把一張滿是皺紋的臉笑得皺巴巴的，對他說了聲：「乖」。

「啊，對了，小夥子。你姊姊應該有吩咐你，不可以去東邊的森林唄？」

「有是有。」少年說著歪了歪頭。提到這個他才想到：「為什麼不行？」

「怎麼？原來你姊姊沒告訴你？」

「嗯。沒有。」

「東邊的森林啊——」

農夫擺出一副事態嚴重的模樣雙手抱胸，深深呼出一口氣。

「出了哥布林。」

§

「冒險者啊……真的會幫我們解決麼？」

從開拓村郊外起頭的一條小徑，延伸到一座繁茂而昏暗的森林。

站在入口的是開拓村的年輕一輩——說年輕也已經過了三十歲——之一，他戰戰兢兢地開口。

雖說手上拿著磨掉鐵鏽的舊長槍，但姿勢畏畏縮縮，顯得很靠不住。

畢竟他扛著長槍去參加戰事，已經是足足十年前的事情了。

而且還是擔任預備隊，還在待命時戰事就已經打完，讓他什麼都搞不清楚。

就算聽說有哥布林出沒、以他是村裡少數有參戰經驗的人為由把他拱出來，他也沒辦法處理。

「就算公會肯保證，如果來的是些強盜似的傢伙，咱可不要。」

「咱倒覺得法術師比較可怕……」

這個竊竊私語的，同樣是村裡的年輕輩，是個二十歲左右，神色怯懦的男子。

他彷彿抓不太住劈柴用的手斧，頻頻重新握好。

「聽說就算是女人也不能大意，還說靈魂什麼的都會被抽乾。」

「咱也聽說過啊。」

退伍士兵壓低聲音附和。

「山另一頭的村子裡，不是有個年輕人麼？記得是做生絲的。」

「喔，有有有。」

「還說什麼『我不要啃硬麵包長命百歲，而是要當上冒險者，活得短但豪邁。』」

「他離開村子了？」

「對啊。可是啊，其實他是迷上了來到村裡的法術師，一個女森人（Elf）。」

「哎呀……」

「反過來的也有唄。小姑娘被來到村子的冒險者拐去當老婆，聽說這是很常有的事……」

「少說蠢話了。老爺爺不是說過？」

這批年輕人的頭目——極有可能會成為下一任村長，年紀二十歲左右的男子——以嚴峻的表情這麼說。

「受到小鬼攻擊後還能平安的，就只有雇用了冒險者的村莊。」

「可是——」

「不然把你家小丫頭送給那些小鬼會比較好？」

「這……」

「商隊的女人被那些小鬼拖進巢穴裡，類似事情你們總聽說過唄？」

怯懦男嘀咕著討厭、真不想去想，退伍士兵點點頭表示有道理。

「老爺爺說的話不會錯。他比咱更懂戰事。」

「可是啊，只不過是哥布林，何必雇用冒險者……放著不管也行唄……」

「如果只是偶爾跑出一兩隻，趕走就好了。小鬼這種貨色，根本沒啥了不起。」

頭目面露難色，搖了搖頭。

「不過老爺爺說了。牠們想蓋巢穴。會來捉咱們的女兒跟老婆。」

「這個嘛……」

「可你想想，總不能只憑咱們幾個去殺了那些哥布林唄？」

退伍士兵這麼一說，怯懦男就以彷彿馬上就要被殺的聲調尖叫一聲。

「開、開開、開什麼玩笑。咱光是趕走跑來村子裡的小鬼就……」

「那就沒辦法喏。」退伍士兵說了。「冒險者就是靠這個吃飯的，就交給他們唄。」

「真是的，有夠膽小。」

「哎，你也考慮一下他的心情啦，喏？」

頭目痛罵怯懦男子，退伍士兵則以平靜的聲調護著他：

「聽說你搞上了村長的女兒，將來安穩得很，但其他人可沒這麼好命啊。」

被他這麼一說，就算是頭目也只能閉嘴。

鄉下的年輕人嚮往成為冒險者。

想跟女人上床，想吃好吃的飯菜，想過奢侈的日子。不想在鄉下耕田一輩子。

與其這樣，還不如與龍一戰，做好丟掉性命的覺悟——類似的話總掛在嘴上。

村裡的女人們也一樣。

不是跟在村裡做粗活的傻子一起終老，就是去寺院侍奉天神，祈禱到死。

一個弄不好，還會被強盜之流抓去當小妾，再不然就是為了彌補錢不夠的問題而賣身……

與其這樣，還不如跟冒險者共度一夜春宵，又或者懷抱一起旅行之類的幻想。

若是倔強點的姑娘，也許會想到要和男人一樣，自己去當冒險者，做出一番事業吧。

「自個兒家有女兒啦、妹妹啦、兒子啦、弟弟啦這些親人，不管是誰當然都會擔心。」

邊境開拓是相當嚴苛的。

怪物會不停出現，但不會有軍隊來保護他們。

連長相都沒看過的國王陛下，多半應付龍或魔神就忙不過來了。

侍奉神的神殿雖願意支援，但也只是在村裡蓋蓋寺院，聊勝於無。

稅照樣得繳。雨照樣下。風照樣吹。太陽照樣晒。陰天沒完沒了。還有哥布林。

錢不夠就只能賣身或出外去賺……年輕人會對成為冒險者懷抱夢想，可謂理所當然。

雖說與其這樣，還不如乾脆去王都，想辦法當上冒險者公會的職員就好……

但要是沒有學問跟錢，這一切都是痴人說夢。

「……但願來的是厲害的冒險者喏……」

「就是啊。別怕，好歹是國王用稅金成立的公會，不必擔心啦。」

「……是啊。」

畢竟比起夢想或金錢，現在更重要的是眼前的哥布林問題。

三個年輕人對看一眼，深深嘆了口氣。

或許就是因為這樣──

才會沒人發現少年避開他們的目光，悄悄溜進了森林裡。

§

哥布林。

大人開口閉口就說很危險，但誰知道是真是假？

少年還不曾見過哥布林，所以想去見識見識。

──這樣一來，就可以跟大家炫耀了！

這是個很孩子氣的念頭。

他聽說哥布林是最弱的怪物。也知道村裡的大人們曾經趕走跑來村子的一兩隻。

如果真的是這樣，我是不是也解決得了？

如果能夠解決哥布林……

——就更有得炫耀了！

少年胡亂揮動木劍，跑在熟悉的獸徑上。

這是一座尚未開發，白天仍然昏暗的森林。樹木極為茂密，青苔與野獸的氣味在翻騰。

平常就聽大人叮嚀這個地方很危險，今天更是令人毛骨悚然。

只是話說回來，正因為危險又毛骨悚然，他才會打從平常就在這裡玩耍。

「……嗯？」

少年之所以停下腳步，是因為在平常玩耍的地方，認出了陌生的腳印。

這些腳印比她要大，跟自己差不多。和狼、狐狸或鹿也不一樣。

「……哥布林？」

喃喃說出這句話的瞬間，一陣風吹過，帶得草葉窸窸窣窣。

他吞了吞口水。不知不覺間嘴裡已經十分乾澀，喉嚨熱辣辣的。

掌心被汗水溼透，少年趕緊重新握好劍。

「要、要來就來啊……！」

他虛張聲勢——儘管他自己不這麼認為——盡力擺出煞有其事的架式。

一陣風窸窸窣窣吹過，腥臭的空氣灌了過來。

——在哪裡？

吸氣，吐氣。慢慢推進腳步。

他無意義地胡亂揮動木劍，劈散樹葉，劈開樹枝，擊打樹幹。

什麼事都沒發生。鴉雀無聲的森林裡，有的就只是寂靜。

——不在？

「搞什麼，別嚇我嘛……」

少年用格外誇張的動作抹了抹汗，再將手掌移到衣服上用力擦拭。

仔細一摸，發現上衣早被汗水溼透，心臟也劇烈跳動。

少年吞了吞口水，連連搖頭。刻意發出聲音：

「很、很好，回去吧。不可以讓姊姊擔心啊！」

說著他轉過身去，就看見一隻哥布林舉起了棍棒。

「嗚，啊……!?」

「GORRB!?」

哥布林多半也嚇了一跳，身體維持在舉起棍棒的姿勢僵住不動。

個子和自己差不多。眼睛和嘴巴很髒。皮膚是偏暗的綠色，發出腐肉般的氣味。

「哥、哥布林……!?」

「GB!?」

他太過震驚而反射性揮出的木劍，發出啵的一聲悶響，劈在哥布林頭上。

「成功了」的念頭，與「糟糕了」的後悔同時浮現。但一切都太遲了。

「GGGG……」

小鬼搖搖晃晃地按著頭站起。滴著血。少年倒抽一口氣。

「GOORBOGOOROROB!」

這隻哥布林雙眼燃起熊熊怒火而大吼的瞬間，少年已經動如脫兔地拔腿就跑。

快跑，快跑，快跑，快跑。他連滾帶爬的狂奔，跌倒了站起來再跑。

連自己是跑向森林深處還是往外跑，都分不清了。

一旦偏出獸徑，在森林裡就沒有方法可以確定方位。

「嗚，啊……！」

上氣不接下氣。氣喘吁吁。喉嚨熱辣辣的。全身都痛。腳步沉重。但還是繼續跑。

他沒有餘力回頭去看背後。

雖然聽不見哥布林的聲音，但這也許是因為自己耳鳴了。

總之他就只想著萬萬不能停下腳步，不斷奔跑。

「啊，這、這裡……!?」

少年來到的，是個他從未見過的地方。

森林深處，有處開闊的空間。以前有過這樣一個地方嗎？

何況──這種地方，竟然會有洞窟。

少年拚命把吸進的空氣送進昏沉的腦袋，蹲到草叢中。

並非想到要躲藏，只不過是一步都再也跑不動罷了。

他發出咻咻作響的沙啞聲息，拚命調整呼吸。

就在這時……

「——？」

他聽見了一陣大剌剌的腳步聲。

少年從草叢中轉頭看去，拚命用雙手按住差點就要「啊」一聲叫出來的嘴。

是哥布林。

而且，有兩隻——頭上都沒有傷。這麼說來，有三隻？

「GORBBRB……」

「GROB！GBRROB！」

牠們嘰嘰喳喳嚷個不停，胡亂揮動手上的棍棒，齷齪地相視發笑。

少年並非聽得懂牠們的話，但也勉強猜出是怎麼回事。

因為他遇到等一下就要去打架的時候，也曾像這樣鼓舞自己。

——牠們要去村子裡！

得跟大家說才行！

然而這時他的腳不由自主地動了。腳的動作，撥動了草叢。

「GBRO……？」

太遲了。

少年全身動彈不得，哥布林齷齪的黃色眼睛已經轉過來，看向他所躲藏的草叢。

短短的手指指了過來，另一隻發出咻咻作響的噁心竊笑聲。

一步。再一步。兩隻哥布林一步步接近，牙關咬得格格作響。他勉強重新握好了木劍。得趕快跑。得趕快跑。

——怎麼跑？

「GBOROBR!?」

下個瞬間，其中一隻——靠後的那隻哥布林咽喉上，插上了一把劍。

「GORB!?」

聽到同胞的慘叫，第一隻回過頭去。

哥布林伸手在空中亂抓，噴著血軟倒，而在牠背後……

少年確實看見了。

這個人——來的這人，是冒險者。

他戴著廉價鐵盔，身穿髒汙皮甲，左手綁著小圓盾，拔出了不長不短的劍。

雖然和少年想像中光鮮亮麗的模樣不同，也不同於偶爾來到村子裡的冒險者那種粗獷的模樣。

但他無疑是冒險者。

「先一隻。」

他說話的聲音低沉、平淡、無機質。但這句喃喃脫口的話語，莫名地就是會傳進少年耳裡。

另一隻小鬼慌了。

這隻小鬼看看手上的棍棒，又看看冒險者，看看洞窟入口。

然後跑向洞窟入口。

報仇、憤怒、恐懼。牠想把這些全都推給自己的同胞們。

其間冒險者已經從死去的小鬼屍首上拔出了劍。

「二。」

舉起，投出。

「GOROB!?」

被劍刃從後腦勺貫穿腦幹──儘管少年看不出來──讓小鬼掙扎著往前撲倒。

這隻隨後趴在地上斃命的哥布林，頻頻痙攣了一會兒後，一動也不動了。

「唔。」

冒險者低聲沉吟，踩著大剌剌的腳步走向第二隻的屍體。

他「嗤」地拔出還拖著腦漿牽絲的劍，啐了一聲之後往旁扔開。

隨後看到他從哥布林的腰帶上，拿起一把像是短劍的武器……

「啊……！」

不對，不行，還沒。許多話語在胸中翻湧，從少年口中迸出。

「還有一隻，在外面！」

冒險者的反應快得讓眼睛跟不上。

他同時完成了轉身、擲出短劍和瞄準的動作。

咻的一記破風聲過後，一聲悶聲哀號響起，接著有個沉重的物體倒到了地上。

「GROROB!?」

在自己背後離不了多遠的地方，咽喉噴出血沫而斷氣的，是一開始那隻小鬼。

「啊……」

少年事到如今，才察覺到自己差點就被殺了。

他毛骨悚然，木劍從手上脫落，在腳下碰出聲響。

「這樣，一共三隻嗎。」

冒險者踏在草地上，撥開草叢，大剌剌地走過來。

飽經使用而陳舊的皮護手，撿起了掉在地上的木劍，然後遞向少年。

「咦、啊……？」

「不好意思。」

少年茫然接過木劍，冒險者就以低沉而平淡，但卻明明白白的口氣說：

「多虧你。」

之後再也不回頭，走進洞窟之中，少年一動也不動地目送他的背影消失。

§

「你喔，我說過多少次，叫你千萬不要去森林裡！」

「對不起，姊姊！」

結果少年才剛跑進寺院想蒙混過關，就立刻被拆穿了。

因為再也沒有其他玩耍的地方，可以弄得這樣全身都是擦傷。

他被姊姊捏著耳朵一路拖回家裡，等著他的是訓話風暴、包紮與晚餐。

姊姊幫他抹上透得傷口劇痛的藥膏，包上繃帶，最後還拍上一下，讓少年痛得跳了起來。

他的真心話是希望姊姊可以再輕一點，但他不會說出口。

「真受不了你，每次只會說『知道啦』，根本什麼就不懂。」

在餐桌上，姊姊仍然嘀咕個不停，最後才終於嘆息道：

「總之，你沒受什麼嚴重的傷。真是太好了。」

接著鬆了口氣似的臉色轉為和緩。

——讓姊姊擔心了啊

一想到這裡，少年就覺得一陣錐心。

「……姊姊，哥布林呢？」

「不用擔心。冒險者已經全部解決了。」

姊姊露出太陽般燦爛的笑容，然後繃緊臉孔，指向寢室。

「好了，所以你該放心去睡了！明天她不是就要回來了嗎？」

「啊，嗯！」

少年趕忙跳下椅子，一路跑到房門口伸手抓向門把，然後轉過身來。

「晚安。還有，呃……對不起，姊姊。」

「嗯，晚安……不可以再做危險的事情喔？」

「……好。」

然後他開門、關門，進了房間。呼出一口氣。

這一天實在不得了。

被哥布林追著跑，差點被攻擊，還挨姊姊罵。

可是……

少年鑽進被窩裡，扭動身體轉向，朝立在牆邊的木劍看了一眼。

打過哥布林的木劍。冒險者幫他撿起的木劍。

當時的緊張與興奮，仍有些殘渣留在心中，不時鼓動。

「……不知道她聽了，會有什麼表情？」

——我可是見到了冒險者喔！

不，還不只這樣。

——我幫助冒險者解決了哥布林！

嗯，這可以拿來炫耀。

要知道這可比在鎮上請父母買漂亮衣服給自己，厲害得太多太多了。

少年對冒險的結果心滿意足，閉上眼睛，迫不及待地等著明天趕快來臨。

第3章 『酒館女服務生的故事』

Goblin Slayer
He does not let anyone roll the dice.

「歡迎光臨！」

「好，先來麥酒三杯，檸檬水兩杯！」

「好的～！」

「還有，呃……就點炸糰子（Frittelle）拼盤好了。這個要五人份！」

「我明白了！」

女服務生記住背負雙手劍的冒險者舉手比出的數字，答得很有精神。

夜晚才正開始，每間酒館都熱鬧，冒險者公會的酒館更是熱鬧得非比尋常。

這群出發冒險、賭命戰鬥的人剛回來，好不容易才能喘口氣。

又或者是前往遠方的人們重歸故里，總算覺得活轉過來。

又或者相反，有從遠方來到這個鎮上的冒險者，決定先吃飯再說而開始點菜。

獸人（Padfoot）女服務生最喜歡這種氣氛了。

自己幫上忙的切身感受，比薪水更能激發她的工作動力。

她把綁起的長髮搖得像尾巴一樣（真正的尾巴收在裙子裡），往廚房喊了一聲。

「大叔，麥酒三杯、檸檬水兩杯、炸糰子五盤！」

「來囉。小意思，管他數目再多，只要我出手，三兩下就搞定。」

在不怎麼大的廚房裡上下飛奔的，是個略微發福的中年圃人。

鍋子、鐵板、多把菜刀、湯杓與擀麵棍。他有如施展魔法，把火焰施加在各種廚具上，轉眼間就排出了一盤盤餐點。

油炸到有著金黃色澤的雞與魚上，滴下一點點甜甜的醬汁。

麵衣酥脆又熱騰騰，咬下去就會在口中噴出令人迷醉的肉汁。

即使不是獸人，聞到這輕輕飄出的香氣，鼻子肯定也會頻頻抽動。

「來喔，端上去吧！」

「好的～！」

尤其在烹飪這方面，可說沒有任何種族能出圃人之右。

——不過也要有我幫忙備料喔！

只要自己的備料搭配上主廚的廚藝，多半就是所向無敵的勇者狀態。

從酒桶倒出麥酒，把檸檬汁擠到井水上，這樣就完成了客人點的餐點。

啪噠啪噠地把放到托盤上的餐點端過去，看到這個團隊(Party)已經坐好，迫不及待地只等餐點送來。

大概是不想在回到鎮上後仍然全副武裝，眾人都已經解鬆或脫下武具。

但前鋒仍保持隨時能夠拔劍的狀態，這就是老手的風範了。

「讓各位久等了！麥酒三杯、檸檬水兩杯，還有炸糰子五人份！」

在這個團隊(Party)擔任會計的半森人(Half Elf)輕戰士，啷噹幾聲將銀幣交了過去。

「來。啊啊，還有給我葡萄酒。」

「好的好的，我當然知道！」

女服務生用有肉趾的手掌接下銀幣，塞進女侍服口袋。

這些銀幣比飯菜錢多了些，含小費在內。想必是在藉此示好吧。難怪這個人風流的名頭很響亮。

「喂喂，來酒館應該先喝麥酒才對吧？」

女騎士一副覺得他在說什麼鬼話的口氣，用手拄著臉。

「司掌秩序善良的騎士大人，妳又說這種不解風情的話。」

「這還用我提醒嗎？連至高神的法典上都有寫。」

女騎士一副覺得他在說什麼鬼話的口氣，挺起了胸膛。

輕戰士強忍頭痛似的按住眉心，深深呼出一口氣。

「不可以變成這樣的大人喔。」

「好～」

「要是再正經點，明明很帥氣的說……」

少年斥候(Scout)很有精神地胡亂舉手，一旁的圃人少女巫術師(Druid)則為難地嘆了口氣。

女騎士見狀，不服氣地鼓起臉頰：

「說這什麼話？我隨時隨地都很帥氣。」

「啊啊夠了，妳不要還沒喝就先發酒瘋。」

重戰士應付小朋友似的搖著手掌發出噓噓聲，匆匆舉起麥酒杯。

「來，乾杯啦乾杯。我們可是冒完險回來，你們這幾個小鬼頭儘管吃，儘管喝。」

「好！吃肉吃肉！」

少年斥候與女騎士發出歡呼，動手吃飯喝酒。

其他夥伴們一副沒轍的模樣看著他們，也開始用餐。

「總算回來了……」

「就是呢，啊……辛苦，了？」

「喔，辛苦啦辛苦啦。」

接著帶響門上鈴鐺而走進酒館的，是扛著長槍的美男子，與一位豐滿的美女。

長槍手與魔女兩人，面帶完成工作後的充實表情，滑進座位上。

「喔，小姐！麻煩點餐！」

「好的～馬上來～！」

獸人女服務生看見他輕輕舉起的手掌，啪噠作響地跑向他們這一桌。

「那麼，請問要點什麼？」

「我，要……也對，就點葡萄酒，還有，蝙、鴨肉。有，嗎？」

「我要……牛的腿肉，麻煩挑帶骨的好好烤個夠。還有蘋果酒。」

「啊，蘋果……」

魔女忽然喃喃複誦，瞇起了眼睛。她的嘴脣有點渴望似的張開，又立刻閉上。

長槍手若無其事地聳了聳肩膀：

「想吃嗎？」

「沒有，特別……」

「那，再來兩顆烤蘋果。我也想吃，陪我吃吧。」

「……真是的。」

「好的好的，馬上來唷。」

沒想到她外表成熟，卻也有這麼可愛的一面。

獸人女服務生對像個小女孩般噘起嘴的魔女，產生了這樣的印象。

——不對，還是因為是在他面前？

「我說小姐啊。」

「是？」

「櫃檯小姐，還在嗎？」

才剛想到這裡，他又來了。

獸人女服務生撐住差點軟掉的身體，轉頭面向表情認真的長槍手。

先輕輕按住太陽穴，緩一口氣。記得那位櫃檯小姐應該還在值班。

她有時會像這樣留到很晚，這點獸人女服務生記得很清楚。

「……是啊，似乎還在。」

「好耶！」

長槍手用力握緊拳頭，呼喝一聲，魔女與獸人女服務生沒好氣地看著他。

真是的，也不想想身旁就有這麼一位大美女……但這句話還是不說為妙吧。

誰要喜歡誰，是個人的自由。

只是話說回來，一旦使起長槍，就連王都騎士都難以望其項背的邊境最強冒險者，卻是這副德行，這實在有點……

——要是不說話，明明很帥氣的說……

有時也不免擔心，要是知道他的真面目，立志當冒險者的人們會不會幻滅。

——不過要說有親和力，大概也沒錯吧。

至少遠比高高在上、不可一世要好。女服務生轉念想到這，啪噠啪噠地小跑步跑向廚房。

「葡萄酒，煸鴨肉，帶骨牛肉慢烤，蘋果酒。還有烤蘋果兩顆！」

「好唷！先把酒端上去給他們吧！」

「好～！」

圃人廚師以外表看不出來的大音量回應，獸人女服務生也不認輸地喊回去。

酒一送上桌，兩人就笑咪咪地說聲「謝謝」，付了帳。

「那，敬冒險（約會）成功。」

「好的。乾、杯，囉？」

酒杯優雅地碰出輕響，接著酒館的鈴鐺也呼應似的響起。

「累、累死我了……」

「快點啦，真是的，好好走路！」

出現的是彷彿把筋疲力盡四個字寫在臉上、資歷還很淺的冒險者二人組。

見習聖女拖著新手戰士，把他扔到椅子上坐好，這才擦去額頭汗水，舒了一口氣。

「總覺得沒有食欲……」

「不行，一定要吃！」

少女喝斥像是隨時都會睡著的少年，猛然抬起頭一看。

見習聖女和獸人女服務生目光交會，忽然紅了臉。

「啊，對、對不起。呃……燕麥粥一盤，還有兩人份的麵包……」

「好的好的！」

「啊，還有水！」

「好的～！」

獸人女服務生啪噠啪噠地在店內跑過，將客人點的餐點告知廚房後，圃人廚師就挑起一邊眉毛。

「來唷！把烤牛肉這些一起送上去吧！啊，倒是醋擺哪兒去啦？」

「我當然會端。啊，醋是放後面架子上。」

廚師得意地一笑轉過身去，獸人女服務生就把手伸向食材架。

把一小片乳酪放到麵包盤上，點點頭覺得這樣可以。

「那我端過去囉！」

「好啊，拜託妳啦！」

她將熱呼呼還滴著油的餐點送到長槍手桌上，對他們一鞠躬。

然後啪噠啪噠跑向少年少女二人組桌前，見習聖女隨即眨了眨眼睛。

「咦，奇怪，這個我們沒點……」

「沒關係沒關係，儘管吃掉吧。」

獸人女服務生搖搖手，用被毛遮住的手指了指乳酪。

「反正有個要吃一大塊的人差不多要來了，得拿新的出來。這是清理庫存！」

「不、不好意思。」

「不會，反而是你們幫了我的忙，別在意別在意。」

她就這麼完成了一輪送餐之後，來到牆邊輕輕吐出一口氣。

冒險者們將酒館裡擠得十分熱鬧，幾乎讓她耳鳴。

開心、歡笑、呼喊、歌唱、吃飯、喝酒，再鬧上一輪。

呣。獸人女服務生雙手抱胸，光是看到這樣的景象，就覺得心滿意足。

就在這時……

「啊啊真是的，好累喔！吃了飯我就要睡了～！」

「畢竟哥布林很多嘛。」

碰響鈴鐺的是五位新的客人。

帶頭砰一聲打開門的，是上森人(High Elf)的獵兵(Ranger)，身後則是侍奉地母神的女神官。

「也罷，戰事告終就是該設宴。大吃大喝，鬧夠了再入眠，也是在憑弔敵手。」

「啊——只是話說回來，嚙切丸明天也要去剿滅小鬼吧？可真辛苦啦。」

然後是踩著沉重腳步的蜥蜴人（Lizardman），體型很寬的礦人（Dwarf）術師也跟在後頭。

接著是最後一人。

「嗯。」一簡短應了這麼一聲而走進來的冒險者身上，聚集了整間酒館瞥來的視線。

髒汙的皮甲，廉價的鐵盔，手上綁著一面小圓盾，腰間佩著不長不短的劍。

「因為缺錢。」

哥布林殺手低聲回應。

「對不起，要是我體力再好一點……」

妖精弓手（Elf）護著垂頭喪氣的女神官，朝他一指：

「應該說你既然缺錢，也接別種冒險不就得了？」

「沒有哥布林我會考慮。」

所以我才受不了你——她搖動長耳朵仰起頭，一副覺得這傢伙沒救了的模樣。

「歡迎光臨～！」

獸人女服務生啪噠啪噠地小跑步到門口，笑咪咪迎接這群冒險者。

雖然冒險者裡多得是大老粗或不法之徒，但他們不愧是銀等級，態度十分和善。

那麼酒館這一方的人員，當然也會想給個笑臉。

「喔喔。」轉動眼睛出聲的，是狀似這支團隊發言人的蜥蜴僧侶。

「女侍小姐，貧僧無非為乳酪而來，就不知……」

聽到這吊人胃口似的嚴肅語氣，獸人女服務生不由得暗自竊笑。

這位蜥蜴人極其喜愛乳酪之類的食品，對此她已經非常清楚。

「那麼各位要點些什麼呢？」

「呃，我要那個，叫什麼來著——細細的，細麵(Pasta)？給我那個。」

「啊，我、我想吃量少一點的……」

「怎麼？要大吃特吃的只有我？我要肉啊，肉。還有給我一大壺烈酒。」

「好的好的，肉類料理是吧。」

獸人女服務生轉身帶得裙襬揚起，瞪向最後一名冒險者。

「先生，今天的推薦菜色是狗魚！是用水之都捕到的新鮮貨色烤的喔！」

食材好，備料也完美，主廚的廚藝更是不必多說。

她挺起平均大小的胸部，挑戰似的撂下這句話。

「那麼，您要點什麼？」

這不是對客人應該有的態度，但她沒把這個時候出現在這個場合的這個人，當成客人看待。

她不讓他逃避，揚起眼角一瞪，接著就覺得在他頭盔底下看到了紅色的眼睛。

「不。」哥布林殺手說了。「今天不用。」

§

「他是怎樣？根本有毛病吧!?」

「不，有沒有毛病這……」

獸人女服務生在櫃檯上砰的拍了一掌，封殺了工坊學徒的反駁。

「你想想，冒險者不就是一種出外宰龍然後大口喝酒哈哈大笑的職業嗎？」

「我是不否認有一部分這樣的人啦。」

學徒在苦笑中接受了年長少女的主張，將叉子往盤上的魚一插。

慢火細烤的狗魚雖然多少已經涼掉，但肉質肥美，依然可口。

多半是滴了檸檬汁之類的下去吧，微微的酸味在口中調合，滋味難以言喻。

「總之，謝謝妳送東西給我吃。嗯，真好吃。我好久沒有吃魚了。」

「啊，這只是因為吃剩涼掉太浪費，你可別誤會喔！」

「我覺得說起這種話沒有一絲一毫是為了掩飾害羞，實在就是妳的優點啊。」

像這樣送東西慰勞——更正，是送剩飯過去，不知不覺間已經變成獸人女服務生每天都會做的事。

夜也深了，冒險者們也都打道回下榻處，她收拾完酒館，脫下了女侍服。

先回家準備一趟，然後逛到工坊一看，就看到少年學徒獨自在顧火。

問他在做什麼，他就回答不能讓爐火熄掉。

這當然是藉口，她眼尖地注意到他正在鍛造短劍。

白天因為有工作，當然沒辦法，所以自己要練習的時間，只能自己想辦法擠出來。

那麼抓準機會把剩飯塞給他，對獸人女服務生而言再合理不過。

「飯這種東西，給能吃的人吃就好了。」

「妳的主張有矛盾……」

「就算是這樣，看都不看一眼還是會讓人火大！」

獸人女服務生猛力搖動尾巴來表達自己的怒氣。

就不知道學徒對獸人特有的這種動作看得懂幾成。

「這事關女服務生的面子，你懂嗎？還是不懂？這道理你能理解嗎？」

「也是啦……」

結果少年學徒為難地用指尖搔了搔臉頰。

「……要是我打出來的武器被人隨手亂扔，也會覺得不開心。」

「對吧？」

學徒深有同感地發起牢騷，是說那個人扔起來就一點也不猶豫。

而且扔的還不是他的——因為師傅還不准他的作品陳列在店內——而是師傅打出來的劍。

「照師傅的說法，是『能對自己的工作滿意的人只有自己』就是了。」

「不管怎麼說，我就是要讓那個怪人吃酒館的飯菜。」

「但他也不是說都不吃吧？」

「問題就在這裡啊。」

獸人女服務生趴到工坊那擦得光亮的櫃檯上。

她的胸部擠壓得有點變形，少年學徒若無其事地撇開目光。

「他冒險之後幾乎都不吃。」

「反、反而是出發前不吃的人……好像偶爾會有一些。」

「啊啊，真是的。是菜單不行嗎……」

「不過妳倒是突然變得很在意耶。」

學徒忍不住把視線撇過去，又趕緊撇開。臉頰很紅。

「怎麼啦？」

「因為他以前都不來酒館嘛。」

獸人女服務生似乎並未察覺到他的窘迫，答得若無其事。

「倒是那個人，從什麼時候開始待著的啊？」

「印象大概是五年前左右吧？」

「我都不知道……」

哪位冒險者是從哪時開始出現，對獸人女服務生來說是瑣碎的小事。

一旦意識到這種事，就表示也會察覺這人幾時開始不再出現。

就算在意哪個人最近不見蹤影，也無濟於事。

與其去想這些，還不如把所有心力投注在款待現在還在的人。這件事她是在第一年學會的。

——啊，可是如果是五年前，大概就是櫃檯小姐莫名雀躍起來的那陣子？

獸人女服務生沉吟了幾聲，把胸部擠壓在櫃檯上，全身扭動。

少年學徒撇開目光，卻似乎還是會忍不住把視線朝她瞥過來。

他的目光左右來回了幾次，後來忽然定在一個點上。

「啊。」

「怎麼了？」

獸人女服務生上身猛然昂起，耳朵一動。

少年學徒點點頭，「雖然我也不知道是真是假」他先墊了一句話才說：

「說到這個，我好像聽過他喜歡燉菜類。牛肉的。」

§

「所以要做燉牛肉囉？」

「對！」

獸人女服務生鎮守在煮得冒泡的大鍋前，挺起了稍微有點料的胸部。

主廚在一旁爬上踏臺，朝鍋內窺看，雙手抱胸沉吟起來。

「對不起喔，大叔，還讓你特地教我。」

「還好啦，要是妳學會下廚，我也可以放心退休了。」

「大叔，別說這種像是老人家在說的話啦。」

「老人家就是老人家。就像塗得很～薄很薄的牛油一樣。」

「請問怎解？」

「都是硬撐著要攤長一點。」

主廚說聲失禮，舀一勺濃湯到小碟子上，嘗了一口味道。

「嗯，不壞。再多燉一會兒吧。」

「好！」

這下就贏得了了！

獸人女服務生「耶～」地歡呼，主廚瞥了她一眼，喃喃補了句：

「不過，要給冒險者啊，好像有點……？」

「咦？」

這話一出口，獸人女服務生的動作就像結冰了似的定住。

「哪裡不好吃嗎？」

「不，我是不會這麼說。」

應該說一開口就會停不下來。圃人主廚搔了搔自己的圓鼻子。

「也罷，妳自己想想。」

「……可惡，我會讓你後悔給本小姐時間思考！」

「好好好，妳加油吧。」

獸人女服務生半翻白眼瞪了輕輕搖手的上司一眼，順勢將視線轉向鍋內。

雖然即使用力瞪了，也並非就能了解什麼……

「哎呀，我才想說怎麼有這種聞起來就覺得很好吃的味道……」

這時她聽見了兩個耳熟的嗓音與腳步聲。門鈴沒響，是從裡頭傳來的。

獸人女服務生從廚房探頭看去，只見兩名同僚笑咪咪地舉起了手。

「是的～我正在烹飪！今天的推薦菜單是燉牛肉！」

「啊，燉菜很不錯耶。」

「喔喔，燉牛肉啊！」

她們是同僚——雖然嚴格說來，在公會工作的她們是官員，而自己只是打雜的。

但獸人女服務生對這種小地方不會放在心上，面對櫃檯小姐與監督官也不會退縮。

「辛苦了。咦？妳們兩位都是來吃午飯的？」

朝窗外一瞥，太陽已經過了頂點，開始西斜。大概要算下午茶時間了吧。

「已經晚了很多就是。」

「這個時間才吃，感覺很虧呢。」

「不可以這樣啦，身體會撐不住的。」

——覺得多吃一餐很虧卻還有這種身材？

她的視線會在剎那間瞄向某個部位，想來也是無可厚非。

而櫃檯小姐一邊說著「就是啊，肚子都餓扁了」按住的腹部，也同樣令她怨恨。

——可得讓她吃胖點才行。

「對了對了，那妳們願意試吃看看嗎？晚上我打算端出去給冒險者。」

「好的，如果可以，當然很樂意囉。」

櫃檯小姐笑咪咪地點頭，卻又補上一句「啊，可是——」，變得有些吞吞吐吐。

「嗯？」獸人女服務生歪了歪頭，對方見狀後以為難的口氣提醒：

「這個給冒險者吃，似乎稍微太……」

「就是說呀，畢竟看起來有點血腥嘛。」

「啊……」

看到監督官連連點頭，才覺得原來如此，聽她們一說還真是這麼回事。

加了番茄的紅黑色湯汁、浮在上頭冒著泡的肉與菜。

獸人女服務生正沉吟著，腰——附近的屁股——就被一隻小手拍了一記。

「呀!?」

「我說兩位小姐，別來妨礙我上課好不好？」

不用說也知道是主廚。

這個從旁探頭的中年男子，忿忿地拍打發福的肚子，露出嚴肅表情。

「虧我本來想考驗考驗這小姑娘能否自己發現。」

「哎呀，真對不起。」

櫃檯小姐嘻嘻一笑，說「那麼為了表達歉意」，指尖朝鍋子一指。

「午餐，我們就在這裡吃了。」

「當然好，儘管多吃點！只吃燉菜就夠了嗎？」

「好好好，那，我們還要麵包……還有紅茶，可以嗎？」

「馬上來。」

櫃檯小姐與監督官加點了菜，圃人廚師氣勢十足地答應，用力重新綁好圍裙。

「好啦，別發呆了，動起來動起來。」

「嗚嗚嗚，好的！」

既然如此也沒辦法，已經做出來的飯菜，就該給想吃的人吃。

獸人女服務生啪噠啪噠、跑來跑去地上菜，轉眼間夜晚已經來臨。

當太陽完全下了山，就一如往常地開始有冒險者陸續聚集在酒館。

也不知道該不該說是果然，她的盤算落空，燉牛肉的銷路不怎麼好——不知道問題是否出在「冒險之後」？不過一大早就吃燉牛肉也有點……

「不，放到早餐菜單裡說不定行得通？」

她正暗自盤算，就有一名冒險者大剌剌地走過來。

酒館的顧客們視線一瞬間都望了過去，變得鴉雀無聲，隨即恢復喧囂。

髒汙的皮甲，廉價的鐵盔。手上綁著一面小圓盾，腰間佩著不長不短的劍。

他從公會內穿過，走向戶外。對酒館看也不看一眼。

——別想跑！

獸人女服務生啪噠啪噠地跑到他身前，伸直手指朝他一指。

「先生，今天的推薦菜色是燉牛肉喔！」

「是嗎。」

「您要點什麼餐呢!?」

「不。」哥布林殺手說了。「今天不用。」

§

「你不是說他喜歡燉牛肉嗎！」

「這……我也只是聽過有這麼回事嘛。」

到了夜半。

微弱的油燈燈光下，少年學徒大肆享用盛在深盤中的燉牛肉。

而這又讓獸人女服務生不痛快到了極點，噘起嘴瞪著他。

「喔，馬鈴薯也切得很大塊。就是這樣才好。」

「……我看你只是自己想吃燉牛肉吧？」

「沒這回事喔？」

也不是完全沒有，但少年學徒只是嘴角一揚。

慢火熬煮的牛肉，嫩得幾乎用湯匙就能切斷。

但又絕不是軟爛，嚼起來有著紮實的口感。

每嚼一口都會滲出的油脂與濃湯，即使冷了依然美味。

各種蔬菜也還是切大塊一點，比較對他的胃口。

「所以，你在做什麼？」

「嗯，我在收集研磨時磨出的碎屑。」

獸人女服務生興味盎然地湊過來一看，少年學徒就一邊把盤子還給她，一邊回答。

鍛冶工坊的角落放著掃把與畚箕。她暗自覺得這樣的工作很適合他。

「啊啊，磨菜刀之類的東西時也常有呢。」

也有人視劍為切肉用的菜刀，這點少年學徒並不打算說出口。

由於是轉動車輪狀的磨刀石來劇烈研磨，當然會冒出很多金屬粉末。

而細心把這些粉末掃起來，也是學徒重要的工作。

又或者是遇到緊急訂單，材料不足的情況下，有時也會拿出來用。

——其實我也想趕快做做看鍛冶的工作。

學徒顧名思義還在見習，想當然鍛造武器最重要的部分，沒辦法拜託師傅交給自己進行。

他心想，既然如此，就得盡力做好自己能做的事。

——所以囉，我也不是不懂啦。

萬一自己鍛造出武器——雖然還早得很——陳列在店裡，結果被人視若無睹的話？

「——至少會想知道理由啊。」

「說得對。我就是不服氣嘛，不服氣。服氣是很重要的吧？」

「嗯～……」學徒雙手抱胸沉吟，忽然靈光一閃，一拍手喊道：「啊，對了。」

「啊，什麼？什麼？未來的鑄劍巨匠想到什麼了!?說給我聽！」

獸人女服務生湊過來，頭髮飄出一陣香氣。

廚房烹飪的香氣。獸人特有的草原氣息。肥皂，以及除此之外的某種氣味。

少年學徒吞了吞口水，趕緊搖動雙手：

「只、只要去問就好了吧？找更清楚的人打聽。」

「咦？廚房的大叔？」

不是啦——學徒回答：

「就是牧場的人啊。」

§

「咦，什麼，燉菜？」

「沒錯！」

上午，公會後門的物資搬運口。

牧牛妹嘿咻一聲放下木箱，對獸人女服務生連連眨眼。

她呼出一口氣，擦去額頭的汗水，豐滿的胸部大幅度搖晃。

獸人女服務生也自負自己的胸部有平均——不，是高於平均的水準，至少應該不算偏低，然而……

——果然還是差在牛奶嗎？

她忍不住想到這種下流的念頭。

櫃檯小姐也還罷了，至少單就職場上的閒聊聽來，她是努力不懈地在維持身材。

「可是，烹飪這種事，妳應該比我高明多了吧？」

牧牛妹一邊害臊，一邊不解地在胸前交握雙手。

「像我都只會做一些很家常的菜。」

「問題不是廚藝好不好。」

獸人女服務生以貓一般的輕巧身手，坐到了木桶上。

尖筆在手中文件夾扣住的收據上飛快地滑動。

付款事宜是由櫃檯職員負責，但清點食材則是她的工作。

「雖然每次都是這樣，但妳不看裡面裝什麼，沒關係嗎？」

「用鼻子聞就知道，所以沒關係。」

獸人女服務生得意地挺起胸膛，將連身圍裙擠得往上繃緊。

但當然還是敵不過牧牛妹，所以她為了立刻轉換話題，輕輕搖了搖手掌。

「回到剛才的話，問題不在於廚藝好不好，是有人不吃讓我看不順眼。」

「有這樣的冒險者喔？」

「就是某個怪人。」

「啊啊……」牧牛妹為難地笑了笑，搔了搔臉頰。「……他沒有惡意的。」

「就是這樣才教人頭大吧。」

「唔嗯──……」

獸人女服務生的話，讓牧牛妹發出不解的沉吟。

她以手臂用力抹去滲出的汗水，也就近挑了個木箱坐下。

無意義地讓雙腳擺盪了一會兒後，仔細盯著獸人女服務生的臉看。

「就這樣？」

換作是凡人（Hume）之流聽見，多半會覺得她的聲調和平常沒什麼不同。

但獸人女服務生就不一樣了。敏銳的耳朵捕捉到了聲調中的徵兆。

她的語氣裡，帶有非常微小的顫抖。

「什麼就這樣？」獸人女服務生假裝不放在心上，歪頭表示納悶。

「咦？呃，妳也知道嘛。」

牧牛妹含糊其詞，視線胡亂飄動。她深呼吸一口氣：

「……像是想做給喜歡的人吃──之類的？」

「啊啊，沒有沒有，不可能。」

獸人女服務生哈哈大笑，就像聽到離譜的笑話時那樣搖搖手掌。

「除了顧客以外，我哪來什麼親手做菜的對象……」

她的動作忽然僵住。

——還真有一個。

她用有肉趾的手掌，遮住忍不住變得苦澀的臉，抱頭煩惱。

確實有個無可否認、會親自為對方下廚的人。

「……頂多就是送去給工坊的那小子吧。」

「……」

牧牛妹仔細盯著獸人女服務生的臉看。

淡紅色的眼睛始終直視對方，就像刺上去了似的撇不開。

即使獸人女服務生忍不住問了句：「怎、怎樣啦？」，牧牛妹仍好一陣子什麼話都不說。

「……好吧。」

又過了一會兒，當她十分乾脆地說出這句話時，獸人女服務生不由得鬆了一口氣。

「我就教妳。有東西可以寫嗎？」

「有啊。」獸人女服務生把文件翻過來固定住。

她握住尖筆說聲「可以開始了」，牧牛妹便苦笑著說真拿她沒辦法。

「呃，那麼，做法是……」

牧牛妹開始默默念起食譜。

所謂燉菜，本來是指「燉肉料理」，而非湯類。

但她所描述的這種菜色，材料卻用到了大量的牛奶。

只是話說回來，若要用一句話來形容感想……

「意外的……不，比想像中普通耶？」

「對。」牧牛妹笑著點點頭。「是道很普通的料理。」

「應該說，就只是一般的燉菜？」

「是啊。」她仍然不改笑容。「一般的燉菜。」

說意外也的確意外。

她本來還以為更不一樣……以為用了某些特別的方法。

獸人女服務生用尖筆的筆桿用力搔了搔太陽穴。

「是像人家說代代相傳的『家的味道』那種菜嗎？」

「啊哈哈哈，也對。說不定真是這樣。」

牧牛妹輕快地笑了笑，嘿咻一聲跳下木箱。

她拍拍手甩掉灰塵，挺起豐滿的胸部，大大伸了個懶腰。

「雖然不是媽媽教我的。」

早知道就該跟媽媽學一學。聽到這句小聲的自言自語，獸人女服務生歪了歪頭。

「不然，是親戚？」

「是隔壁鄰居。」

牧牛妹仰望藍天，瞇起了眼睛。風輕輕撫過她的一頭紅髮。

「隔壁的，大姊姊。」

§

「歡迎光臨！」

「好，先來麥酒三杯，檸檬水兩杯！」

「好的～！」

「還有，呃……就點蒸馬鈴薯泥拼盤好了。這個要五人份！」

「我明白了！」

剛入夜的酒館，獸人女服務生在冒險者們交相迴盪的呼喊之間，啪噠啪噠地穿梭跑動。

一如往常的熱鬧。一如往常的熟面孔。這是多麼美妙。

今天也是回來就有好吃的飯菜跟酒。光靠這一點，大家就能繼續努力。

「好的～！大叔，我端上去囉～！」

「去吧去吧。可別放到涼了，也別跌倒啊！」

那是圃人主廚的論調。

朝廚房一瞥，只見鍋子碰出聲響、平底鍋呼嘯，菜刀與食材在閃動。

而主廚當然就身在這一切的中心。小小的身材滿場飛奔地施展廚藝。

——真虧他個子那麼小，卻這麼能幹。

雖然每天都在看，不過真的百看不膩。

獸人女服務生雙手接過廚房送出來的盤子，目光望向裡頭的深鍋。

「那個要不要緊？有沒有滾到溢出來？」

「喂喂，妳這話是在對誰說？要知道從妳五歲那時……」

「我當然知道。只是確定一下嘛！」

她機靈地察覺訓話的跡象，翻動尾巴與裙襬，啪噠啪噠地跑走。

獸人女服務生還是最喜歡這個時段。

迎接歸來的冒險者，看到冒險者回來後鬆了一口氣的表情。

當然也有冒險者不再回來。她相信一定是出發到別的地方去了。

冒險者在哪、發生過什麼樣的遭遇這種事，除非是極為有名的勇者，否則根本不會有人傳頌……

「……嗚喵？」

這時獸人女服務生的耳朵忽然一動。

因為她的聽覺捕捉到一陣雜亂而大剌剌的腳步聲，正逐漸接近。

廉價的鐵盔、髒汙的皮甲，手上綁著一面小圓盾，腰間掛著一把簡陋的棍棒。

哥布林殺手現身後，他的身影還是讓酒館內鴉雀無聲了一瞬間。

「先生!?」

「……櫃檯要我到酒館露臉。」

聽見獸人女服務生驚呼出聲，他微微歪了歪鐵盔。
「怎麼。哥布林跑來嗎。」
「啊，沒有！先生，請等一下！」
「好。」
獸人女服務生把這個微微點頭的怪人留在原地，啪噠啪噠地跑回廚房。
「喔、喔喔!?怎麼啦怎麼啦!?」
「大叔，給我碟子，碟子！」
「這妳該去找剛才洗碗盤的傢伙啊！」
「那不就是我嗎！」
她一邊嚷嚷，一邊從餐具櫥抽出一只淺碟。
輕輕把燉濃湯舀到碟子上後，趁還沒涼掉，啪噠啪噠地跑回酒館內。
「嘗嘗味道！」
「……」
哥布林殺手狐疑地看著獸人女服務生遞過來的小碟子。
「燉菜嗎。」

「對！」

「我嘗。」

「對！」

「……是嗎。」

他一副頗不情願的模樣接過碟子，靈活地從鐵盔縫隙間一口喝完。

雖然獸人女服務生想看他脫掉鐵盔的期望落了空……

但哥布林殺手略顯驚訝地「唔」了一聲。

獸人女服務生的耳朵雖比不上森人，但不會漏聽這細微的變化。

贏了。她露出壞心眼的慧黠微笑，以誇耀的語氣說：

「怎麼樣，好吃吧？」

「嗯。」哥布林殺手點點頭。「不壞。」

「讚啦——！」

她忍不住舉起握住的拳頭，發出勝利的歡呼。

其他冒險者好奇地看過來，她也絲毫不放在心上。

「很好很好，成功咧！」

獸人女服務生轉了一圈又一圈，帶得裙襬飛揚，開開心心地問起：

「那麼，先生也吃過飯再走吧。就點燉濃湯如何？」

「不。」哥布林殺手說了。「今天不用。」

「為什麼!?」

獸人女服務生錯愕地差點讓碟子脫手，手忙腳亂地重新拿好。哥布林殺手對她說：

「我約了人。」

這個回答直白、平淡而無機質，冰冷，又低沉。

但這句話讓獸人女服務生眨了眨眼睛，細細盯著他的鐵盔看。

頭盔下一對紅色的眼睛直視前方，彷彿與另一雙淡紅色的眸子重合。

——啊。

搞什麼，原來是這麼回事啊？

「怎麼。」

哥布林殺手狐疑地歪了歪頭，看向表情突然放鬆下來的獸人女服務生。

原來如此，這樣一看的確沒錯。

「沒什麼，只是在想先生你真的沒有惡意呢。」

「是嗎。」

哥布林殺手點點頭，說道：「沒別的事？」

獸人女服務生回答：「應該沒有了吧」，他仍應了聲：「是嗎」才轉過身去。

「那我走了。」

「好的好的~感謝招待感謝招待。」

「不懂妳的意思。」

哥布林殺手搖搖頭，大剌剌地快步穿過酒館。

「喔，哥布林殺手。你又老是在殺哥布林啦？」

「幹麼不對付一些別的傢伙？得像我這樣宰些大獵物才行啊，像我這樣。」

「怎麼，今天一個人？平常跟你混在一起的神官小妹跟森人小妹都不在？」

他一邊對四周拋來的寒暄做出「嗯」或「是嗎」之類的回答，一邊推開門。

接著將門上的鈴鐺帶得喀啷作響，身影消失在夜晚的街景之中。

不，這麼說並不貼切。

他是要回去。結束冒險，回家去。

「先生也真是的，既然這樣，早點說清楚不就得了？」

獸人女服務生卻不提是自己擅自燃起競爭意識，哈哈大笑。

隨後喊了聲：「好～！」用長了肉趾的雙手在臉頰上用力一拍。

她吆喝一聲，轉換心情，伸手到腰後重新繫緊圍裙，上工了上工了。

「今天的推薦菜色，是本小姐使出渾身解數的燉濃湯！要吃的有誰！」

有人舉手，有人出聲。接連有人點菜，獸人女服務生笑著回答「好的～！」寫在紙上。

但她一開始忍不住選了相當大的深鍋來裝燉菜。

因為量實在太多，沒有什麼搞不好，肯定會賣剩。

到時候——……

「只要塞給那小子就好啦！」

飯菜這種東西，只要照喜歡的方式做，用喜歡的方式、和喜歡的人一起吃，那便足矣。

獸人女服務生心情大好，啪噠啪噠地跑向酒館的喧囂之中。

第4章 『平凡無奇的哥布林巢穴的故事』

Goblin Slayer
He does not let anyone roll the dice.

對這隻哥布林來說，一切都令他討厭討厭討厭得不得了。

一處實在說不上舒適，狹窄又沉悶的地洞底下。

瀰漫腥臭氣息的門前，就是他的崗位。

「不要！不要，住手……！住……住、手!?」

朝組裝得很差的木門門縫裡頭偷看，發現同伴們正忙著洩慾。

小鬼骯髒的屁股他是看都不想看，不過被壓得趴在地上、往空中亂踢的女人屁股，卻很有看頭。

「……？GROB！GBROOB！」

但這時同伴注意到視線而大聲嚷嚷起來，他只好趕緊轉回去面向前方。

每次都是這樣。都說他是衛兵，所以叫他回去站崗，等同伴享用完了才輪得到他。

至少讓他仔細看一看又有什麼關係？

他一邊這麼想，一邊拿起手上的長槍，上上下下地打量。

這把槍有著金屬槍尖與橡木槍柄，但槍柄已經悽慘地被折得只剩一半。

折斷的是哥布林。因為太長就會很重，哥布林揮不動，而且折完以後還能變成兩把。

分配到時還閃閃發光的槍，如今也變得從槍尖到槍柄都沾滿紅黑色髒汙。

頭目賦予他衛兵的工作，將這把從這女人手上搶來的長槍分給他時，他確實滿心喜悅，然而……

「GBBORB……」

他完全不曉得要如何才能弄掉這些髒汙。

現在回想起來，也許另一隻小鬼分到的那條亮晶晶的腰帶才好。

他明明有那麼好的腰帶，卻還時不時地覬覦這把槍。

真是忍無可忍。我比那小子更配得上腰帶。

不，那小子根本配不上腰帶。

──那小子是我家人，要是死了，我應該可以分到腰帶。

整個群體之間幾乎都有血緣關係，但他絲毫不會顧念這種事。

他的腦子只會浮現對自己有利的念頭，一想到拿不到想要的東西，就開始忿忿不平。

「！唏咿咿咿咿咿咿!?」

例如，女人。

每次看到同伴們愛怎麼玩就怎麼玩，他就會掩飾不住內心的嫉妒。

被大家用衛兵這個理由堂而皇之留在巢穴中的他，從不曾獨占過女人。

如果是大家一擁而上，倒也有過幾次，但這和自己獨享是兩碼子事。

像這樣不肯認命而不斷掙扎的，是最標準的情形。

當然這樣反抗太囂張，所以他們每次都會像那樣折磨女人，粉碎她們的精神。

其中也有人死了心似的縮起身體，像是在等待風暴過去。

他們曾經想知道女人什麼時候才會發出叫聲，結果試著試著就弄死了。

相反的，也有女人不斷對哥布林道歉，把頭蹭在地上，整個屁股都露出來地下跪磕頭。

女人說什麼都肯做，所以他們就輪番砍下她的手腳，用鍋子煮來吃了。

——那實在相當美味啊。

他已記不得到底是何時何地的記憶，但仍舔了舔嘴脣。

到頭來，對哥布林而言，其他種族就只是這樣的玩意。

他們是無力的生物，對於強得駭人的高階種族，只能擔心受怕地服從對方。

但萬一眼前有著垂死的食人巨魔或惡魔呢？

一擁而上，把對方啃食殆盡，就是哥布林的作風。

「GOBRBOB……」

「GBORB!?」

完事的同伴打開門走了出來。

大概是享用完了戰利品，膽子也大了起來，路過之際還出聲取笑他。

這小子也不想想自己只是在巢穴裡走來走去的巡邏員，竟敢拿我這個衛兵當笑柄。

這讓他氣得不得了，於是用槍柄朝這小子的屁股一戳。

「GOBORB!?」

對這小子嚇得跳起來的模樣哈哈大笑之後，對方掄起拳頭，於是他也拿槍尖指向對方。

「GROB！GBOOROBO！」

意思是這裡是自己的崗位，完事了就趕快消失。

一抬出工作這項權威，其他哥布林自然不可能做得出像樣的反駁。

他忿忿地嗆那名嘀咕著離開的同伴活該，笑得臉都扭曲了。好啦，找樂子的時間到了。

他先四處張望，確定沒有別的同伴看到後，推開行將腐朽的門，溜了進去。

「GROB……？」

茫然仰望的女人，即使踢上幾腳，也只發出「啊」或「嗚」之類的聲音。

這樣豈不是連是死是活都搞不清楚了嗎？

哥布林持槍輕輕一戳，她便忍不住發出「呀啊！」的慘叫聲。

繼續用槍尖戳上兩三次，每次都能屢試不爽地讓她發出「咿！」之類的悲鳴。

受不了，若非還有這種甜頭，衛兵這麼難熬的工作根本做不下去。

只不過得一邊小心別讓俘虜斷氣這點，還挺麻煩的。

明明還能玩卻被自己給弄死，到時免不了挨罵。

竟然要為了這種東西挨罵，實在倒楣。

「還我……還給我啊……」

「GRRORB！」

面對終於開始啜泣的女子，哥布林歪頭納悶。

——對喔，這把槍是這女人的東西來著!?

不管是長槍還是女人，不耐用的傢伙就是什麼都撐不久。

一想到這裡就覺得可笑莫名，他忍不住低聲哼笑。

玩到女人癱軟在地、發不出聲音後，他閒晃著走向巢穴內。

走之前檢查過，女人頻頻痙攣——還活著。他確實做好了值廁所班的工作。

況且就快要**早上**了。那些冒險者只會在**晚上**來。

——怎樣也輪不到他們來念我吧。

哥布林對所有事情，都會往對自己有利的方向思考。

「GOROB！GOOBORROB！」

「GBBROBOG！」

在巢穴裡走了一會兒後，就聽見一陣心情顯得很好的大笑聲。

是那些哨兵。

兩三名哨兵圍成一圈坐下，舉起缺損的碗，居然開起酒宴來了。

這幾個傢伙專門在村子外圍或大道上，找只有一兩個人行走的傻獵物。

所以他們工作上有很多甜頭。

將獵物拖到哥布林認為安全的地方，搶先享受一番，這樣的情形也不少。

把從攻擊目標身上搶來的東西私藏起來，像這樣自己享受，也是常有的事。

也不想想他們做的就只是一起撲向獵物這種輕鬆的工作。

我當衛兵每次每次都那麼辛苦，他們為什麼這麼舒服？

他不去檢討自己也擅離崗位，憤慨地認為這些人為何不盡好哨兵的職責。

愈想愈氣不過，本打算用槍柄去戳他們，卻被瞪了一眼。

「GOBOR……？」

「GOROBOR！」

畢竟他在什麼都沒有的地方，做出準備揮長槍的動作，所以蒙混不了。

躲開哨兵抬手砸過來的碗，他連滾帶爬地逃了出去。

真是的，這群傢伙真是粗暴得令人討厭。怎麼不死一死算了。

他苦澀地咒罵著，來到從入口附近延伸出來的岔路。

這是對土壤熟悉的哥布林所挖通的，一條用來奇襲的密道。

那些叫冒險者的傢伙，十之八九都沒想過會被敵人從背後攻擊。

通道裡當然也放了些可以用來躲藏的岩石，他就躲在其中一顆岩石後頭。

——這些傢伙一個個都是混蛋。

這一切都讓他討厭討厭討厭得不得了。

衛兵這種工作他也討厭。

只分得到長槍他也討厭。

那些囂張哨兵他也討厭。

只有個子大的遲鈍頭目他也討厭。

比起那種糊塗蛋，自己應該還能當個更好的頭目。

想自己獨占冒險者和村裡的女人，盡情享受個夠。

討厭或麻煩的事情，只要全都塞給那些哨兵和巡邏員就好了。

自己在洞穴深處跩起來下命令，只負責享受食物和女人。

頭目這種工作實在很爽。

他認真地描繪對他而言很有現實感的構想，哪怕一旦客觀視之，就知道只是痴人說夢。

要如何暗殺統率整個群體的頭目，來個奪權篡位？

他懷抱著這個自己深信不疑，認為鐵定會成功的計畫，慢吞吞地從岩石後方起身。

結果就在這時──

「GORB……？」

忽然間，連他那不怎麼敏銳的耳朵，也聽見了一陣大剌剌的腳步聲。

腳步聲不斷逼近。他趕緊遮起臉，然後只露出一雙眼睛。

──是冒險者！

錯不了。會在他們的巢穴裡拿著火把行走的傢伙，就只有冒險者。

而且還只有一個人。氣味聞不太出來，如果是女人最好，就算是男人，至少也有得吃。

他毫不掩飾滿溢而出的欲望，下流地舔了舔嘴脣。

攻擊對方，把對方拖倒在地，撕開衣服，盡情蹂躪。該死的冒險者。該死的冒險者！

但拿起長槍就想衝出去的他，倒也多少懂些分寸。

即使現在就撲上去奇襲，一旦自己被殺，那就沒意義了。

出聲喊同伴也行，不過自己有很大的機率還是會第一個被殺。

偷偷溜回去報告也可以，可是途中有哨兵等著。功勞會被他們搶走。

——怎麼辦？

小鬼手握長槍，呆呆站在原地不動，拚命思考。

他不想死。想撈好處。怎麼辦？怎麼辦才好？

——乾脆跑掉吧？

不對，不可以。他立刻搖了搖頭。要是被同伴知道自己跑掉，會被圍毆的。

而且要是同伴打贏了，逃走的自己不就什麼也拿不到？

不管是孕母還是食物都拿不到。然後只是眼睜睜看著那些傢伙在自己眼前找樂子。

這讓他無法忍受。

所以他決定等待時機成熟。

他壓低聲息，小心不要踏出腳步聲，慢慢地，一小步一小步，尾隨跟蹤。

很快的，時機來了。

「GOROBOR！」

「GROB！GROBORB！」

酒漿飛濺，火焰四竄。淋上酒精的火把，冒出了濃密的白煙。

哥布林雖然能在黑暗中視物，但視野被煙霧遮住，也就看不見了。

有的出聲吼叫，有的慌慌張張，有的不明白發生了什麼事。

三隻哥布林就有三種不同反應，但就在他們全都還掌握不住狀況之際，冒險者展開行動。

「GROB!?」

這人舉起一面小盾牌，連人帶盾衝撞。

有隻小鬼不幸背對這人，被撞得往前撲倒，整張臉栽進火焰之中。

「四。」

冒險者踩住這隻臉孔直接受到火焰燒灼、因劇痛而掙扎的小鬼，喃喃說了這句話。

「GRBBR……」

「GROBROB！」

剩下兩隻倒抽一口氣。雖然倒抽一口氣，仍拿起了武器，想痛毆這個闖入者。

然而，太遲了。

冒險者右手一閃，將劍擲了過來，撞斷哨兵的牙齒，插進他嘴裡。

「GOOBR!?」

「五。」

小鬼被這一劍從後腦勺貫穿腦幹，抽搐著跪向地上，但冒險者對他看也不看一眼。

冒險者踩斷腳下小鬼的頸椎，左手朝最後一隻一揮。

「GBBOORB!?」

尖銳的盾牌邊緣，在臉孔上狠狠削過，血沫濺到了岩壁上。

小鬼放下武器，手伸向臉孔，想按住被割裂的鼻子與眼球，然而……

「六。」

冒險者撿起滾落在腳邊的哨兵短槍，一槍刺穿心臟。

最後一名哨兵很快地不再有痙攣以外的動作，淪為一只緩緩滴出體內鮮血的血袋。

冒險者就像丟垃圾似的放下短槍，呼出一口氣。

然後踩著不經意的步伐走向屍體，用力踏住，手伸向從小鬼喉嚨伸出的劍。

——一群笨蛋。

事實上，若非像這樣躲在後方窺探良機，這隻小鬼也放不了馬後砲。

一對三。但話說回來，這群哨兵已經喝醉，結果早已預見。

這樣正好。就是這樣才好。

哨兵嘔出的血糊噴得倒處都是，發出垂死哀號在地上打滾的模樣，讓他心中大呼痛快。

——活該。一群傻子。

他腦子裡已經擅自將這群哨兵當成了死不足惜的暴虐象徵，對他們沒有絲毫哀戚。

然而不同情歸不同情，對於在哥布林的巢穴裡殺死哥布林，還是令他湧起了一種忿忿不平的念頭。

所以這個冒險者結束戰鬥而疲憊、背對他的此刻，才是最好的時機。

——就是現在。

相信同伴們聽到剛才的吵鬧聲，很快就會趕來。

只要同伴們看到他從背後襲擊獵物，將冒險者撲倒在地，就可以主張自己有功勞。

在同伴被殺的情勢下奮戰過的這件事，應該也能拿來好好說嘴一番。

他滿懷盤算與欲望，高高跳起，撲了上去。當然不忘反手握緊手上的長槍。

如果分得到，不管是肚子還是胸部都好。但如果可以，還是手或腳最好。既然是男人，除了吃掉以外沒有別的用途。

「——!?」

就在這時。

他不明白發生了什麼事。

明明應該是從背後奇襲，冒險者的雙手卻抓住了他的槍。

是這個身穿盔甲的冒險者，以快得目不暇給的速度做出的動作。

他正猶豫著該不該放手，就整個身體連同長槍被重重摔到地上。

「GROB!?」

他想都沒想過這種事。

腦子一片空白，搞不清楚該怎麼做才好。

「GBBOROBO!?」

處在錯亂當中，自然不可能採取像樣的反應。

背部重摔，肉體與骨頭幾乎散掉的劇痛傳來，最嚴重的是甚至無法好好呼吸。

他一張嘴開開闔闔的，長槍從他手上脫落。

既然這樣就沒辦法了。冒險者拔出了劍。

他踉蹌著站起，朝向洞窟入口，打算拔腿就跑——……

「這樣就是七。」

衝擊隨著這句冷酷的話，從背後傳到胸口，將他的意識打進黑暗之中。

而後，再也不曾浮起。

§

「唔。」

哥布林殺手解決了七隻哥布林後，總算鬆了口氣。

既然聽見背後多了個黏答答的腳步聲，自然會注意到有人跟蹤。

他用小鬼的破布，擦掉拔出的劍上沾到的血糊，檢查劍刃，插回鞘中。還能用。

再以指尖撫過從哥布林手上搶來的長槍槍尖，朝折斷的槍柄看了一眼。

哥布林殺手短促地咂了舌，將之別到腰帶上。

隨後踢斷這些哨兵的手指，撿起屍體握住的劍。

一共三把。他挑出品質最好的貨色，別進腰帶。這樣就行了。

他在雜物袋中翻找，抓出水袋，拔掉栓子，大口大口喝著裡頭的液體。

把羊的胃翻過來風乾製成的水袋裡，裝著由井水與葡萄酒混合而成的飲品。

冰冷的液體從哥布林殺手的頭盔縫隙沾溼嘴脣，通過喉嚨，流進胃臟。

要是被酒精弄得酩酊大醉，就會壞事，但少量酒精則能讓身體溫暖，也可用來提神。

「……沒有圖騰啊。」

哥布林殺手一邊拴上栓子，把水袋塞進雜物袋，一邊自言自語。

接著注意到無人回答，緩緩搖了搖頭。

女神官，還有其他同伴——他察覺自己想起了他們，又搖了搖頭——現在都不在場。

每個人有各自的計畫，身體狀況也存在起伏，無法每次都聚在一起。

哥布林殺手背靠在牆上，鐵盔往牆面壓，側耳屏息。聽不見腳步聲之類的聲響。

取而代之的，是一陣狼吞虎嚥的聲音，以及從背上感受到的震動。狀況非常明顯。

光源——酒宴剩下的火把，還燒得火光閃動。沒有問題。

哥布林殺手迅速從雜物袋中抽出一只小瓶子，瞄了個大概就擲了出去。

陶瓶碎裂，與牆壁崩塌，幾乎在同時發生。

「GBRROBOBORRBBG！」

是哥布林。

有如狂潮般湧現的大群哥布林。

然而意氣風發衝出來的前面幾隻，卻忽然當場摔倒。

多半是因為灑在地上的油而打滑吧，在空中翻了個筋斗後向前撲倒，是他們的不幸。

「GOROB⁉」

「GOB⁉GBOROOBOGOBG⁉」

他們被接連從身後出現的同胞們踢中、踩踏、發出哀號。

不僅如此，還因為打滾時碰到燃燒的火把，當場轟然著火。

「GOROOBOGOROOGB！？！？」

「八、九……十。」

全身著火的數目是二，被踩扁而不再動彈的是一。

「剩七。槍一、劍一、斧一、棍棒四。好。」

剩下的哥布林也不管同伴被燒死，眼中燃起熊熊的憤怒與欲望，進逼而來。

哥布林殺手清點完敵方陣容後，舉劍正面迎擊。

「GBBRBGB！」

一馬當先衝出來的，是隻扛著長槍擔任先鋒的哥布林。

「十一。」

哥布林殺手俐落地將劍投擲出去。

劍劈開洞窟瀰積的空氣，埋進小鬼的額頭，貫穿腦部。

「GGBGGO!?」

哥布林殺手從被這一劍刺得後仰倒地的哥布林手中，搶下了長槍。

長柄武器不壞。要以不被包圍、擊潰敵人最大火力為先決。

有重量級敵人在時，必須以減少敵人數目為優先，但現在要避免的是被一擊奪去行動能力的狀況。

因此他的第二步早已決定。

哥布林殺手一把搶下長槍，拔腿就朝洞窟深處跑。

「GOROOB！GOROOOBORG！」

「GROOB！」

踩著難看的笨拙步伐從後追來的哥布林，共有六隻。

哥布林殺手回身同時瞄準這群小鬼，扛起了長槍。

「十二。」

長槍畫出弓一般的弧線飛去。

飛越被推出來當前鋒的其他小鬼，射向拿斧頭的哥布林。

「GOOROBOG!?」

想必是腹部被刺穿，一陣悶聲哀號迴盪在洞窟中。

剩下五隻。哥布林殺手從腰帶拔出哨兵的劍。

距離已經拉近，再往深處走也有危險，是時候接敵(Engage)了。

「GOROBB！」

「GBOR！」

拿劍的哥布林囂張地指揮，慫恿拿棍棒的四隻哥布林撲上。

當然這並非什麼勇氣的表徵，也並非燃起了復仇的怒意。

看著自己的同伴被殺總是不愉快，而且也想把囂張的傢伙打垮。

最重要的是，痛毆冒險者、奪取他們的裝備，是無上的樂趣。

「哼。」

哥布林殺手退後一步，踩住了最先揮下來的棍棒。

「GBOROB!?」

趁武器被封住的小鬼用力想抽回棍棒的空檔，朝自右邊撲上來的一隻刺出劍。

刀刃從下巴底下溜進去，斜向刺穿頭部後，承受不住小鬼的重量而折斷。

「GOOROBOOBO!?」

「剩四。」

重新握好劍柄的同時，用盾牌擋住正面的另一隻揮來的棍棒。左手發麻。

他順勢以橫掃的方式將盾牌推到底，連著左方的哥布林一起狠砸下去。

「GBOR!?」

「GOROBO!?」

「下一隻。」

兩隻哥布林還被衝擊震得不能動彈之際，劍柄已揮向正面的一隻。

小鬼慌了手腳，想丟下棍棒逃命，但為時已晚。

「GOBOOROGOBOGOB!?」

一擊。哥布林按住劍柄與劍鍔陷入的頭部，發出慘叫。

並未構成致命傷，但不重要。打到死為止就對了。

哥布林殺手把只剩劍柄的劍當成鐵鎚，接連砸在哥布林頭上。

「GOROB!?GOROOG!?GOOROBOG!?」

悶響接連響起，過不了多久，血與腦漿從碎裂的頭蓋骨噴出。

哥布林殺手啐了一聲，放開劍，挪開腳步，拾起先前踩住的棍棒。

「這樣就是十四。剩三……！」

掙扎著起身的兩隻哥布林一起逼近。

哥布林殺手用圓盾擋開其中一隻，在另一隻的棍棒揮到前，就先擊碎他的頭顱。

「剩下兩隻。」

既然體格不同，攻擊距離也就多少有差異。

而來到一對一的局面，更沒有道理會打輸哥布林。

很快的，另一隻的垂死哀號就迴盪在洞窟中。

「GOROOBOROB!?」

「GOROBOGR！」

剩下最後一隻持劍的哥布林，忍不住發出慘叫而逃走。

他慶幸敵人是朝洞窟內前進。只要往外逃，相信敵人不會追來。

外頭那惱人的明亮，對這隻哥布林而言也變得像是救贖一般。

他不可能會對拋棄同伴產生罪惡感。還得怪他們害自己陷入危險。

他踢開冒煙的同伴屍體，跑，跑，跑……

「唔。」

哥布林殺手隨手拋下沾滿了腦漿的棍棒，走近被槍刺穿的屍骨。

撿起對方仍握在手上的手斧，輕而易舉地抬起，擲出。

拔腿就跑的哥布林，直到最後一瞬間，都相信只有自己可以得救，就這麼死了。

嵌在後腦勺的斧頭破壞了腦，讓他腳步一滯，倒地而亡。

「十七。」

哥布林殺手從雜物袋裡取出新的火把，自酒宴剩下的餘燼取了火。

接著更不疾不徐地先折返回去，在腦袋插著斧頭的哥布林屍骨上翻找。

他要找的是劍。哥布林殺手將拿到的劍，往劍鞘內一塞。

「偵察三、遭遇一、哨兵三、奇襲十。有俘虜。無圖騰。無毒。」

該怎麼判斷呢？他的自言自語還是沒有人回答。哥布林殺手思索著。

巢穴的規模很小。想來剩下的哥布林已經很少，也未獲良好的統率。

「頭目是鄉巴佬吧。」

但仍不見大哥布林要出現的跡象。

這意味著什麼呢？哥布林殺手立刻下了結論。

「的確像哥布林會打的主意。」

哥布林殺手迅速檢查全身裝備。頭盔、鎧甲、盾牌、武器，沒問題。

他左手握住火把，踩著大剌剌的腳步開始在洞窟內行進。這個巢穴只具備十餘隻哥布林生活於其中的規模，雖說有岔路，也不會太複雜。

最重要的是有陣衝鼻的噁心臭氣，告訴哥布林殺手目的地在何方。

彎過幾條蜿蜒的道路，沒多久，來到了一扇快要腐朽的木板門前。

「咿、唏!?好、痛！好痛、啊……!?」

「GGGOROOOBB！」

而拽著女子的頭髮、拖著她從門後出現的，是隻身材高大的哥布林。

被攫住頭髮的女子痛得呻吟，但看她全身傷勢，已經不剩什麼力氣可以抵抗。即便有幾根頭髮連著頭皮被扯了下來，想必她頂多也只能發出叫聲了。

大哥布林見她這副模樣，破口大罵，接著注意到有人擋住自己的去路，抬起了頭。

「GOROBB……」

大哥布林嘴裡嚷嚷，用力拉起女子的身體，舉到自己身前。

她不但全身散發異臭，還沾滿了血與穢物，摻在一起的液體緩緩滴落。

大哥布林會把雙眼空洞得有如玻璃珠般的她往前推，想必是要拿她當人肉盾牌吧。

「蠢貨。」哥布林殺手忿忿地說了。「結果可不會變。」

大哥布林的心思很明顯。不，所有哥布林處在同樣的狀況下，多半都會這麼想。

想著只要自己活下去就好。

為了自保而拿同伴當犧牲品，扛著女人試圖逃走。

實實在在是哥布林會打的主意。

「GROBO！GOBOOROGB！」

「……」

他嚷嚷的不外乎要對方丟下武器，或是放他一馬之類的。

大哥布林舉起右手的柴刀，以令人作嘔的表情發笑。

哥布林殺手看了看被拿來當盾牌的女子。看了她的眼睛。然後微微點了頭。

「也好。」

他抽出腰間的劍，往旁一扔。大哥布林的目光追著劍轉動。

哥布林殺手立刻衝上前去，毫不留情地朝他胯下飛起一腳。

「GGROOOROOBOROOB！？！？！？」

大哥布林的胯下遭到破壞，慘叫令人不忍聽聞。

哥布林殺手的腳尖，確實感受到了一種踢爛某物體的反應。

哥布林老是得意忘形。也不想想對方根本沒打算坐以待斃。

「嗚、啊……!?」

「GBBRGO!?GOROOBOGOROGOB！？！？」

鐵盔面無表情地看著大哥布林扔下女子，痛得在地上打滾的模樣。

接著他撿起劍，反手握住，用腳踏住這隻小鬼的肩膀，刀刃往下一鑿。

「GOOBOR!?」

悶濁的哀號只有一次。哥布林殺手將插在後腦勺上的劍用力扭轉。

喀啦一聲響，脊髓被切斷，大哥布林全身劇烈一震，不再動彈。

「十八……妳還活著嗎？」

被丟到地上的女子全身一震。

顫抖的嘴脣，混著沙啞的咻咻呼氣聲，發出了「……是……」的音。

「是嗎。」

哥布林殺手在雜物袋中翻找，抽出了一件捲細綁好的外套。

他將外套披到女子身上，包住沾滿穢物的身體後，把她當行李似的扛起。

女子含糊而無力地說了些話，哥布林殺手點點頭回答「是嗎」。

「槍我撿了」他說。「柄被折斷，但頭還在。」

哥布林殺手默默在洞窟中行走。

微弱的啜泣聲，沉重地陷進他背上。

第5章『他不在的日子的故事』

「嗯……嗚……呼、啊……！」

天剛亮時冰涼的空氣刺痛肌膚，她一邊發出呻吟，一邊在毛毯裡動了動。

換作平常，已經差不多是時候，今天卻始終沒有腳步接近的聲息。

「……嗚～……」

雖然她絕非愛賴床的人，但少了平常會聽見的聲響，就不容易清醒。

從草桿床上爬出來，她揉揉沉重的眼瞼，大大伸了個懶腰。

她一邊發著抖，一邊一如往常地，把內衣褲套到健康豐滿的身體上。

「嗯、嗯嗯……有點、緊，嗎？」

是胖了？還是發育得更好了？不管怎麼說，她不太樂見這種情形。

因為要頻繁買新的內衣褲和衣服，對舅舅就太不好意思了。

──只是聽說，硬穿不合身的尺寸，似乎也不太好啦。

乾脆重新修改一下吧？

她一邊思索一邊開窗，早晨清爽的風就輕輕吹進房裡。

舒暢的感覺讓她笑逐顏開，同時將豐滿的胸部放到窗框上，探出上半身。

一片她熟悉而親近的風景。

遼闊的牧草地。遠處傳來的牛叫聲。雞鳴聲。遠方鎮上升起的煙。世界。

「……啊，對喔。」

她毫不吝於讓肌膚暴露在金色的朝陽下，傻氣地喃喃道：

「他……不在啊，今天。」

§

「妳怎麼不去鎮上逛逛？」

「咦咦？」

牧牛妹用完早餐，把疊起來的碗盤端到洗碗的地方後，聽到舅舅這麼說，轉頭看了過去。

一旦他不在，要洗的碗盤就很少。說變輕鬆是好事，也的確是這樣沒錯。

「我說，妳要不要去鎮上逛逛。」

仔細一看，舅舅的臉粗獷而敦厚，一本正經地直視著她。

見到他的表情，牧牛妹歪頭「嗯？」了一聲，拿起泡進水裡的盤子擦乾。

「不用啦。去了也沒什麼事做。」

「不會沒事做吧。」

舅舅始終正經八百，毫不動搖，斬釘截鐵地繼續主張。

「妳不也有朋友嗎？」

「朋友啊？」

牧牛妹含糊地笑了笑。

她從放在一旁的桶子裡掏起一把沙子，往盤子表面抹上去。

——要說那個人是朋友……也的確算朋友吧。

「說起來，比較像是志同道合的……夥伴？」

「偶爾出去玩玩是好事。」

「嗯～……」

牧牛妹發出了令人分不出是贊成還是拒絕的聲音。

她確定沙子磨掉了盤子上的髒汙後，用水再洗了一次。

最後仔細擦掉水珠，把盤子塞進碗櫥。

「可是還得照料家畜，還有收割，也要檢查石牆跟柵欄的狀況，還得送貨，還有準備明天的……」

掐指一數，工作果然很多。有一大堆事情都非做不可。

今天非做不可的事。最好能在今天之內做完的事。

許多作業都該避免拖延，早日完成最好。

牧牛妹「嗯」的一聲，點點頭帶得胸部晃動。

「這樣可沒時間玩耍了。有工作是好事嘛！」

「我就是在叫妳去玩。」

他的口氣不容分說。

舅舅斬釘截鐵的聲調，讓她投以不解的目光。

舅舅的姿態毫不動搖。一旦變成這樣，舅舅就會頑固得像岩石一樣，絕不改變心意。

都讓他養育了十年，即使什麼都不說，她也看得出來。

「咦，可是……呃……」

「妳不也正值青春年華嗎？自己說說妳幾歲了。」

「呃，嗯，十八。」她說著連連點頭。「……雖然就快十九了。」

「那麼，又何必從早到晚只埋頭工作？」

牧牛妹拚命動腦，試圖抗辯。

——……咦？我為什麼會排斥出門呢？

這樣的念頭忽然從腦海中閃過，又漸漸消失。現在不是思考這個的時候。

「例、例如說，也得顧慮到錢……」

「所幸我們家並非農奴，生活並不是那麼吃緊。」

「這——是沒錯啦……」

行不通。

微弱的抵抗轉眼間就被壓制下來，讓牧牛妹啞口無言。

該怎麼辦呢？餐具已經收拾完畢，也沒有其他話題可以搪塞。

她在廚房來來去去地遊蕩了一會兒後，終於心不甘情不願地在舅舅面前坐下。

「家裡的事不用妳擔心。」

舅舅聲調始終溫和，像是在開導小孩子。

牧牛妹微微噘起嘴脣，心想何必用這種語氣說話，但並不反駁。不然豈不真的像個孩子一樣？如果反駁的話。

「出去玩玩吧。」

舅舅見她如此，忽然緩了緩巨石般的表情，放鬆力道。

「年輕姑娘從早到晚都在牧場裡忙著工作，妳總有一兩件少女情懷的事情想做吧？」

「有嗎……」

牧牛妹並不清楚。

——少女情懷的事？

會是什麼呢？打扮漂亮？吃點心？

腦子裡浮現的盡是些虛浮又模糊的念頭。

比起這些念頭，甚至會覺得明天的天氣還比較清楚明白……

「……我知道了。」

過了一會兒，牧牛妹連自己知道了什麼都不知道，就簡短地回答。

「那麼，我就出門走走。」

「好，妳就去吧。」

「……嗯。」

面對舅舅鬆了一口氣的表情，牧牛妹只能點頭。

§

沒有臺車，也沒有他在，孤身一人。

雖說只是經過熟悉的道路前往鎮上，但步伐就是有些不踏實。

搞得她歪頭納悶，心想平常我是用什麼樣的步調在走的。

於是她從往來冒險者與商人之間穿梭而過，通過大門進入鎮內。

換成平常，雙腳都會自動自發地率先走向冒險者公會，讓牧牛妹苦笑了一會兒。

她用意識覆寫掉下意識，一路筆直走向更裡頭的廣場。

熙熙攘攘，商人叫賣聲、孩童嬉戲聲、母親呼喚聲、冒險者的閒聊。
牧牛妹委身於喧囂之中，隨便找了塊花圃邊石，坐下發呆。
男孩與女孩從她眼前跑過，年紀大概十歲上下，她用目光追向他們的身影，嘆了口氣。
——仔細想想。
「我，有朋友嗎？」
自幼就有來往的人們，已經不在了。
十年前搬到這裡之後的五年之間，都只顧著做好眼前的事。
——現在回想起來，還真是。
真虧那個時候的自己，會被搖搖晃晃走在路上的他叫住。
當時他的鐵盔還長著角，自己的頭髮也還很長。
之後又過了五年，滿腦子都是他的事，實在根本沒有心思去玩耍。
「啊，不過……」
她搖搖頭，想到幾乎每天都見面的公會櫃檯小姐，以及女服務生。
也許她們可以算是朋友，可是——也只有兩個啊。不，有兩個就很夠了？

畢竟世上有很多人，已經沒辦法再交朋友。

「……好奢侈啊。」

這樣一想，就覺得沒什麼大不了。

她癱軟無力地笑了笑，就這麼茫然看著廣場上來來往往的人們。

眾人表情五花八門，有人開心，有人悲傷，有人寂寞，也有人高興。

但每個人都懷著某些目的，毫不猶豫地邁開腳步。

是工作？是用餐？是回家？是玩樂？又或者，又或者……

和自己不同。

牧牛妹癱坐在邊石上，抱住擠壓胸部的膝蓋。

——這樣看來，我病得不輕啊。

到頭來，自己除了和牧場之間的聯繫以外，什麼都沒有——……

「——？請問，妳還好嗎？」

從頭上落下的，是個熟悉的嗓音。

抬頭一看，一名金髮少女睜大了眼睛，望向自己。

她身材嬌小苗條，身上的麻布衣服非常不起眼，令人連用樸素二字形容都會覺得或許還太客氣了。

牧牛妹眨了眨眼，正要回想這人是誰，接著猛然在手掌上一搥。

「咦，妳是地母神的——……」

「啊、是的。妳是牧場的人吧？」

「嗯，是沒錯。」

牧牛妹點點頭站起，拍拍渾圓的屁股，撥去灰塵。

「怎麼了？看妳穿成這樣。」

女神官身上並非平時的神官袍，而是便服，而且還像個剛離開農村的村姑會穿的服裝。

「這次冒險我沒參加，所以就想說偶爾出來走走，可是……」

她模樣緬靦，用纖細的指尖不知所措地搔了搔臉頰。

「根本不知道該做些什麼才好。」

「啊啊，我懂我懂。我也是，畢竟平常只要在牧場裡把該做的事做一做就好了。」

搞什麼，原來和我一樣嘛。

儘管覺得擅自抱持這種同類意識太過一廂情願，牧牛妹仍然多少鬆了口氣。
她生性就喜歡和人親近，並不會感到退縮。而且最重要的是，對方是他的團隊(Party)成員。
雖然心中隱約有種五味雜陳的感覺，牧牛妹仍決定盡量保持輕鬆友善。
「不過妳說沒參加，是怎麼回事？」
「啊啊，呃，這個……」
女神官突然含糊其詞，漫無目標地東張西望起來。
雙頰就像發燒似的染紅，眼睛也低垂下去。
牧牛妹正狐疑，立刻就得到了答案。
「因為今天……有點，吃不消……」
「啊啊。」
牧牛妹苦笑著點點頭。這是每個女人都要面對的事。
被別人硬問出來，相信對這個害羞且年紀比她小的少女來說，是很難受的。
「妳平常都做些什麼？我是說，沒去冒險的時候。」
「在祈禱。」

儘管覺得這樣轉換話題太露骨了些，但女神官的回答果斷而率直。

和她遠遠看著而在心中描繪出來的形象，幾乎完全一樣。

「是喔？」牧牛妹正覺得佩服，女神官就用白而細的手指按住嘴脣，略加思索。

「其他時候就是讀讀聖典、讀讀怪物辭典（Monster Manual），還有鍛鍊……」

「哇，妳好認真喔。」

「只是因為我學得還不夠。」

牧牛妹吃了一驚，結果女神官似乎不習慣受人誇獎，害羞地紅了臉頰。

——唔姆。

看這樣子，之後可得叫他好好誇獎這孩子才行。

只是他表面上冷淡，卻也有用自己的方式在關心別人，所以也許會變成多管閒事……

「……我說啊。」

「什麼事呢？」

「我們就去溜達溜達吧。」牧牛妹笑著開口。「難得碰到。」

「……說得也是。」

女神官也臉頰一鬆，那是個如小小花朵綻開般的微笑。

「好的，我們就去溜達吧。」

§

「說到這個，雖然時候還早，但夏天一過馬上就是收穫祭了說。」

「啊，是的。神殿裡似乎也差不多要開始準備敬神演舞了。」

「這次的舞者會是誰呢？妳要不要乾脆自告奮勇？」

「不，我無法勝任的。那是責任重大的職務，我還早得很。」

「會嗎？不曉得我們牧場是不是也該去擺個攤……不要只是供奉食物。」

「雖然天氣不知不覺變得很炎熱，不過轉眼間就到秋天了呢。」

兩人一起漫無目的地閒晃，一邊聊些沒什麼意義的話題，聊得十分開心。

邊境之鎮是拓荒的最前線之一，來訪的人當然多，路過的人也多。

只是說到底，終究比不上水之都與王都，往來行人當中不時會看見一些熟悉的面孔。

「啊，你好。」

「午安。」

牧牛妹和認識的冒險者擦身而過，簡單行了個禮，女神官一鞠躬。

自從上次哥布林王進犯這個鎮以來，熟面孔硬是增加了不少。

——感覺好怪。

牧牛妹不由得嘻嘻一笑，女神官隨即睜大了眼睛，不可思議地歪頭納悶。

「沒事。」牧牛妹揮揮手，但臉上露出的笑容並未消失。

說來說去，他似乎還是與許多人建立起了聯繫。

——和我不一樣啊。

「……問妳喔。他平常——怎麼樣？」

「妳是指？」

「就想說，不知道他有沒有給妳添麻煩。」

牧牛妹雙手背在身後，轉過身來，女神官搖手回答：「哪兒的話。」

「每次都承蒙他幫助，不如說反而是我在給他添麻煩……」

女神官的話語和表情，似乎都不帶一絲虛假。

牧牛妹放下心來，手按豐滿的胸部鬆了口氣。

他沒給人添麻煩。他沒被討厭。她不明白自己是針對哪一點感到放心。

「……不過。」女神官壓低聲音，淘氣地眨了眨眼睛。「也是有，給我添了一點點麻煩。」

「是喔？」

兩人對看一眼，嘻嘻一笑。

共通的話題是他，實在有點令人彆扭，卻也因此容易聊開。

畢竟他孤僻、正經八百，是個溝通白痴，令人無法放著不管。

不缺聊得開的話題種子。

「我一直受他照顧是真的喔？」

女神官這麼談起的，是牧牛妹不知道的他。

第一次見面時，乍看不禁以為是怪物的他。

聽說正試著讓自己的舉動像個銀等級冒險者的他。

和隊友(Party)圍成一圈喝酒，三兩下就醉倒的他。

說因為這個團隊(Party)裡施法者多，紮營時都主動擔任警戒工作的他……

牧牛妹心想，這些很有他的風格；又心想，原來他也會跟大家一起喝酒。

「除此之外，他也教了我很多冒險的事。」

「例如？」

「我想想……」女神官指尖按上嘴唇。「像是鍊甲，之類的？」

「鍊甲啊……」

牧牛妹在腦中隱約描繪出來的，是他在倉庫裡保養的種種武具。

鍊甲是他愛用的裝備之一。記得他會仔細上油、擦拭。

牧牛妹還看過他用鐵絲臨時修補鬆脫部分的過程。

「不過——」她腦中浮現長年來的疑問。「那個，不重嗎？」

「只要用帶子綁緊腰和肚子之類的地方，重量就會分散到全身，所以也不至於太重喔。」

女神官說「可是，肩膀會痠」，牧牛妹隨即以一副不出所料的表情點點頭。

「冒險者好辛苦啊……」

「我是只穿鍊甲，可是像法師好像都不愛穿。」

雖然礦人(Dwarf)似乎就不放在心上。

牧牛妹對女神官這句話似懂非懂地點了點頭。

金屬會妨礙魔法運作。牧牛妹並不清楚這個口耳相傳的知識有幾分真實。

即使覺得可能是迷信，但相對的，偶爾也會有人來討馬蹄鐵避邪。

魔法啦、妖術啦、諸神的神蹟之類的，牧牛妹對這些事情一竅不通。

比起這些，她更好奇的是……

「鍊甲，是吧。」

「怎麼了？」

「……問妳喔，像鍊甲、鎧甲、頭盔這些的，公會都有在賣？」

「咦、啊，是。」女神官趕緊連連點頭。「我也是在公會買的。」

「那──」

牧牛妹就像瞞著雙親要偷溜出去玩的孩子似的，滿臉甜笑。

「我們就只看不買地去逛一下吧。」

§

「嗚、哇……」

而現在，牧牛妹眼前擺著一套內衣褲。

不，說得正確一點，是套有如內衣褲般的鎧甲。

整套只包含胸甲以及護脛的鎧甲。以分類來說屬於輕裝。

就方便活動的觀點而言，絕非板金鎧甲能夠比擬。

裝甲本身也刻劃出優美的曲線，做工非常精巧，而且堅固。

以這方面來看，想必完全無從挑剔。

問題出在有裝甲遮蔽的部位之少。

畢竟只有胸部——嚴格說來只有乳房——以及下腹部獲得遮蔽。

雖說有肩甲，但面積根本不值一提。

「咦，這個底下要穿什麼嗎？」

「不，這套鎧甲本身就是完整的。」

在櫃檯後頭把劍放到旋轉砥石上打磨的少年學徒，瞥了一眼過來。

似乎是有女性拿起這件鎧甲這點令他在意，從剛才就一直是這樣。

「這個……有人買嗎？」

也不知是否注意到他臉頰泛紅，女神官以一副不敢置信的模樣問起。

「畢竟身體很好活動，而且最低限度的保護是有的……但這只是表面上的理由。」

少年學徒語帶辯解地加了句『雖然不曉得由我來說妥不妥當』。

「這個，哎，該怎麼說——會買的應該是，想對男性、展現自己魅力的人吧。」

「展現魅力？我總覺得穿了反而會把男性嚇跑耶……」

牧牛妹「哇～」的一聲紅了臉，拿起這件內衣褲型鎧甲（Bikini Armor），看看前面，再翻過來看看背面，手指勾上高衩的部分，攤開來看。

「不，這個，不會露出來嗎？」

「……就是有一定的需求，才會擺在店裡喔。」

少年學徒小聲說著，若無其事地撇開了目光。牧牛妹唔唔作聲地沉吟起來。

「光是敢穿這麼危險、像泳裝一樣的鎧甲，就已經是勇者了吧。」

「就是啊……」

女神官以含糊的表情點點頭。她感到稀奇地繼續看著架上的武具，一路往前進。

是因為擔任後衛，不太會接觸到武器或護具嗎？不過牧牛妹也一樣由衷覺得新鮮。

「啊，這個……」女神官忽然停下腳步的地方，是護具陳列區。

她不禁莞爾，笑得眼尾下垂地拿起的，是一頂頭盔。

「喔，是眼熟的貨色。」

也難怪牧牛妹會笑著說「眼熟」。

女神官手中捧著一頂發出亮晶晶廉價光芒的鐵盔。

除了兩旁有角延伸出來，以及是全新未使用外，和他的鐵盔是同型的。

牧牛妹放低視線，從空洞的面罩下往裡頭瞧，然後一拍手說：

「對了，要不要戴戴看？」

「咦，可以嗎？」

這突然想到的主意，讓女神官不知所措地歪了歪頭。

「那邊貼著布告說可以試戴。」

「那，呃，我就不客氣了……？」

女神官戰戰兢兢地抱著頭盔，先拿起寫著「試穿用」，摻了棉的露眼帽。

她一邊留意長髮，一邊套上帽子，然後再戴上鐵盔，結果——……

「哇、哇、哇……」

或許是鐵盔終究有些分量，她纖細的身體猛然一斜。

牧牛妹趕緊伸手去攙扶，結果發現她纖細嬌小的身體輕得嚇人。

「小心小心，妳還好嗎？」

「啊，還好。只是有點腳步不穩……」

面罩下看得到女神官那雙仍顯稚氣的眼神。

從臉頰微微泛紅這點來看，她似乎莫名有些害羞。

「欸嘿嘿……這、這還挺重的耶。而且，會覺得都快要不能呼吸了……」

「畢竟是全罩式的啊。護頰部分也都牢牢鎖住，當然會這樣囉。」

聽少年學徒這麼說，女神官摸索著解開扣具，讓護頰掀起。

「噗啊——」

聽到這忍不住發出的鬆懈聲，牧牛妹不由得竊笑，女神官滿臉通紅。

「何、何必取笑我嘛……！」

「啊哈哈哈哈，對不起喔，抱歉。那，下一個換我了。」

女神官脫掉頭盔，摘下露眼帽。牧牛妹接過來一戴上，就聞到一絲甜甜的汗水氣味。

——嗯？

這並非香水，會是她與生俱來的氣味嗎？好羨慕。牧牛妹一邊這麼想，一邊蓋下面罩。

「……嗚、哇。這還挺窄的說。」

「就說吧？」

透過細小格狀護頰看出去的視野，昏暗、狹隘，令人窒息。

她一邊支撐著搖搖晃晃的視野而轉頭，一邊吸氣，吐氣。

——這就是他所看到的世界嗎？

不知道他究竟如何看待自己、女神官，以及其他同伴們。

臉上有著什麼樣的表情。

「雖然我大概想像得到。」

「什麼？」

「嗯。我是想說，只有我看得到對方的臉，實在很賊。」

「哦──」女神官想通了，嘻嘻一笑。「就是說啊。」

「雖然他應該沒打算要遮住臉不給人看啦……嘿咻。」

少年學徒說：「請放回原位喔」，牧牛妹點點頭，將頭盔和露眼帽擺回架上。

牧牛妹深深呼出一口氣，帶得胸部晃動，轉了轉頭。

她不認為自己的身體缺乏鍛鍊，但穿戴上武具，還是會讓肩膀痠痛。

──哼嗯。

「欸。」

「什麼事呢？」

「機會難得。」

牧牛妹露出像是孩童想到要怎麼惡作劇時的笑容。

「就來穿穿看吧？那件鎧甲。」

看到她所指的方向，女神官滿臉通紅地低下頭去。

§

「啊啊真是的，國家滅亡了啦。」

「哎呀呀……不，其實不該笑才對。」

「根本是那頭龍太強了吧？裝備和能耐都不夠。」

「也就是說，搞得定這種問題，才夠格當白金等級吧。」

兩人在工坊裡純看不買地玩了一輪，前往酒館後，映入眼中的卻是一幅奇妙的光景。

下午，傍晚前的公會附設酒館，上門的客人不是太多。

不如說大部分椅子都蓋在桌上，營造出一副還在準備的模樣，女服務生也忙著擦拭地板。

而在其中一個角落，監督官、櫃檯小姐，以及妖精弓手三人，正圍著桌子攤開了幾張牌。

這個陣容說奇妙，的確也滿奇妙。

「請問各位在做什麼呢……？」

女神官連連眨眼，湊過去看看桌上，戰戰兢兢地問起。

大概是還沒鎮定下來吧，只見她臉蛋微微泛紅，急忙整理好略顯凌亂的服裝儀容。

「啊啊，這是桌上演習（Table Game）。」

向後抬頭看著她回答的櫃檯小姐，現在穿的也不是制服，而是便服。款式清新，又時髦。

牧牛妹暗自心想「好好喔」，一邊把目光朝向她所指的桌上。

原來如此。的確沒錯，一張盤面上有幾顆旗子、幾張卡片，以及骰子。

「昨天我整理舊資料時翻出了這個，所以就想說……來試試看吧。」

「結果啊，龍有夠強的啦，太強了。」

「不強就不是龍了嘛。理論上說得通，但還是希望饒了我們。」

妖精弓手把她單薄的胸部伏到桌上，同樣身穿便服的監察官苦笑了幾聲。

照這番話推測起來，坐鎮在盤面正中央的紅色龍形棋子，就是她們說的龍囉？

而散亂倒在四周的棋子，就是迎戰龍而陣亡的冒險者們堆出的累累死屍。

「話說，妳身體還好嗎？」妖精弓手只轉動頭部，看了女神官一眼。

「啊，是。」女神官害臊地點點頭。「已經穩定多了。」

「是嗎？」妖精弓手回答，接著朝她招招手。

「那，妳來幫我一下啦。冒險者好缺好缺。」

「桌上演習……的冒險者？」

牧牛妹歪頭納悶。雖然隱約猜得出一部分，但就是搞不太懂。

結果櫃檯小姐幫忙解釋：「簡單來說呢——」

「就是扮演冒險者的意思。只不過規則之類的都規定得很詳細。」

「扮冒險者。」牧牛妹反芻似的複誦一次。「這麼說來，是玩剿滅哥布林之類的囉？」

「是啊。也有把視點放得更低，完完全全就只是在探索洞窟之類的內容。」

櫃檯小姐用手指輕輕戳了戳放在盤上的金屬棋子——一個有點寒酸的輕戰士或盜賊，微微一笑。

至少以牧牛妹的角度來看，這顆旗子沒戴頭盔。這讓她覺得有點可惜。

「這邊則是視點拉得更高一點，以如何阻止世界的危機來當題材。」

「只不過得在龍醒來之前，收集到傳說的武器與護具，兼提升等級。」

妖精弓手有氣無力地抬起頭，垂著一雙長耳朵發起牢騷。

「行動次數跟時間根本都不夠嘛。」

「村子的委託也得接，裝備也必須收集，然後打倒龍。」

監督官屈指數著條件，自顧自地連連點頭。

她這明明打了敗仗卻自信滿滿的模樣，看在他人眼裡真不知道在可靠什麼。

「所以要考驗的，其實是所有工作都非做不可的冒險者公會指揮功力。」

「也有這樣的啊。」

牧牛妹興味盎然地伸手，拿起一個身穿盔甲，一副騎士樣貌的棋子。

雖然那個人的裝備更破爛，不，是更廉價一點……仍是位出色的騎士。不壞。

「我都不知道有這種東西。」

要說她想得到的玩樂，就只有湊出牌型來取勝的那類紙牌遊戲。

再來就是聽聽歌、玩玩陞官圖之類的，頂多在慶典上還會有各式各樣的競技。

她盯著棋子打量，又看看遊戲盤。櫃檯小姐見她這樣，呵呵一笑。

「要不要玩玩看？」

「咦，可以嗎？」

牧牛妹表情一亮，櫃檯小姐便眯起眼睛，點頭回答：「當然囉。」

「什麼都不做，就只是等著，豈不太難受了？」

牧牛妹嗚的一聲，一時說不出話來。真是敵不過她。

——這就是所謂的成熟女性嗎？

也不知道櫃檯小姐是否看出自己的這種心情，臉上笑容始終不變。

「冒險者增加，我們當然非常歡迎，請坐請坐。」

「那我就不客氣了……難得有這機會，我們一起玩吧？」

「啊，好的。」

牧牛妹抓著女神官的衣袖，半拉半勸地要她就座。

五名女性圍著圓桌。

要是知道有這樣一幅光景，相信很多冒險者都會怨嘆自己沒早點來酒館。

「那麼，就請先選擇棋子囉。」

櫃檯小姐的聲調與微笑，都比平常在櫃檯接待時更為柔和。

「嗯～……」

牧牛妹雙手環抱在胸前，目光盯著排列在盤上的許多冒險者。

——嗯，還是、這個吧。

她猶豫之餘選出的，是剛才曾拿起來端詳的騎士棋子。

雖然因為穿戴盔甲而看不見臉，但騎士舉起劍盾，直視前方。

「我就挑這個人好了。」

「啊，呃，我……」

女神官一邊將她白嫩的手指抵在嘴脣上思索，一邊不知所措地看著棋子。

接著不由得「啊」的一聲喊了出來，先環顧四周，才選出一顆旗子。

「就、就請讓我用這個人！」

那是個以長袍包住豐滿肢體的森人(Elf)魔法師棋子。

妖精弓手擺出一副明白她心思的表情，笑著說：「沒什麼不好吧？」女神官便扭扭捏捏起來。

「至於我呢……」

妖精弓手以獵人盯上獵物的表情，輕輕搖動長耳朵。

「好，這次就選這個！我選礦人戰士！」

「哎呀，這樣好嗎？」櫃檯小姐這麼問起，「當然」妖精弓手挺起單薄的胸部答道。

「因為我要對礦人證明，我能做得比他們好。」

「那我就繼續用斥候了。」

「唔唔唔。這樣就沒有僧侶了啊。那，我就挑這個玩吧。」

櫃檯小姐笑咪咪地把裝備簡陋的輕戰士排到盤上，監督官則挑了握著聖符的老人。

於是冒險者陣容齊全了。

盔甲騎士、森人魔女、礦人戰士、輕裝斥候，以及老練的僧侶。

這個團隊為了拯救世界，將挺身對抗巨大的龍。

牧牛妹聽櫃檯小姐簡單講解完規則後，用力握緊了骰子。

──好。

「這個冒險者會成為一位保護村莊、救出公主，連龍也能打倒的勇者！」

牧牛妹表明決心的同時，朝盤上擲出了第一把骰子。

§

「唉——輸了輸了。」

太陽西沉，天空與市鎮都漸漸染上深青色。

牧牛妹仰望遠方閃閃發光的星星，說得十分乾脆。

她雙手背在身後悠哉地走著，女神官則像隻小鳥般踩著細碎的腳步，跟在她身旁。

「畢竟沒拿到屠龍魔劍嘛。」

「就是砍不穿鱗片啊。」

到頭來，她們光是剿滅哥布林就忙不過來了。

一行人被龍擊敗，又一次未能拯救世界，然而——

「可是，好好玩呢。」

「真的。」

牧牛妹也同意女神官的感想。

儘管覺得日子還早，吹過的風卻已經朝秋天的意境漸漸轉涼。

他所看的世界。

他所活的世界。

她得以小小窺見其片鱗半爪。

牧牛妹一邊讓風輕撫她玩遊戲玩得發熱的肌膚，一邊笑著說：「不過啊——」

「去逛武器店，到酒館玩，就一個女孩子來說，好像不太對吧？」

「啊哈哈哈……」

女神官只能苦笑帶過。

牧牛妹覺得這個小了她三、四歲的少女，簡直就像自己的妹妹。

——不曉得他又是怎麼想呢？

呼。也不知是否注意到了她這小小的嘆氣聲。

女神官以豁達的表情，抬頭看著牧牛妹：

「好想，改天再玩一次。」

「……嗯，的確會想再玩。」

「既然這樣，」

女神官輕快地小跑步到前面，轉身面向牧牛妹。

灑開的一頭金髮，在即將西沉的夕陽最後餘光照耀下，閃閃發光。

「我們改天再一起去吧？」

——什麼嘛。

牧牛妹不由得深深吐出一口氣。

——明明就有啊，與他人的聯繫。

本來還以為只有跟他、跟牧場之間存在關聯。

但由他所繫起的緣分，讓自己也像這樣牽掛上去。

「……嗯。」

牧牛妹用力揉了揉眼角，笑了笑：

「下次再去玩吧。」

第6章

『被惡魔迷上的魔宮滅亡的故事』

Goblin Slayer
He does not let anyone roll the dice.

她唰一聲揮響錫杖，舒暢地瞇起了眼睛。

告知夏天結束的第一陣風，輕輕撫著臉頰吹過。

馬車喀噠作響地行進，而跟在馬車旁漫步於大道上，是多麼令人心情平靜？

一不經意鬆懈下來，就幾乎要忘了自己正在執行護衛的委託。

身為神官的她，曾經在這種時候感受到神的氣息。

飄著稀疏雲朵的天空中，遠方有著小小的黑影在飛。

是鷹？是鷲？還是獵隼？

「那隻鳥，飛得好高呢。」

「就是啊。」

她說話的對象，坐在馬車屋頂上。

這個帶著弩的獵兵（Ranger）當然並非在偷懶，而是負責警戒四周。

獵兵在同伴們的信賴下進行戒備的身影中，看不出大意的神色。

「嗯？」

所以聽到這狐疑的聲音，她立刻握緊錫杖。

其他同伴們也接連拿好裝備，開始準備因應這還看不見的威脅。

尚未注意到異狀的，就只有擁有這輛馬車的商人一人。

「什麼？怎麼啦？」獵兵無視商人四處張望，低聲說：

「那隻鳥，會不會太大了點？」

「……這麼一說——」

事情就發生在她凝神觀看的時候。

遠處那一轉眼便拉近距離的物體，是個有著深灰色皮膚、鉤爪、喙，以及翅膀的——

「惡魔（Demon）！」

儘管得以對同伴獵兵的呼聲做出反應，卻仍晚了一步掌握主導權（Initiative）。

她這一慢，慢得足以致命；而惡魔——石頭做的惡魔則快得致命。

侵襲她的並非宿命也非偶然，而是壓倒性的能力差距。

「啊!?」當她驚呼出聲，雙腳已經離開地面。

再怎麼亂踢也沒有意義，她整個人一口氣被拉上空中。

地面、馬車、同伴，都在轉眼間不斷遠離。

「嗚、啊……好痛……咿!?」

她拚命試圖抵抗，用錫杖在惡魔身上一敲，鉤爪便用力掐進肩膀，劇烈搖晃。

往下一看，立刻被駭人的高度嚇得發出斷續尖叫。感覺得出下半身溼了。

「咿咿!?咿、咿!?」

災厄還不僅如此。

一陣讓她錯以為大腿被火鉗抵住的劇痛。

多半是獵兵射箭想救她吧，而這個惡魔就拿她當了擋箭牌。

透過因眼淚而模糊的視野往下一看，還能看見魔法師在詠唱咒語。

不要不要不要不要。她拚命揮動錫杖，搖頭抗拒。

——不對，這不是惡魔。不是惡——……

「啊啊啊啊啊啊!?」

惡魔閃過迸射而來的雷電，這舉動使她在空中大幅甩動。

插在大腿上的箭因此深深剜進肉裡，她發出慘叫，全身顫抖。

這一下卻要不得。

因為扣在雙肩上的爪子撕開皮肉，沾到鮮血而一滑。

「咿——」

叫聲從喉嚨洩出。飄浮感。風。風。風。風。

好痛好可怕好可怕救命啊。知識之神、神啊，神啊……！

遺憾的是，她的呼喊是願望，卻非祈禱。

因此傳不進天神耳中。

對她而言，幸運之處應該就是並未感受到絲毫痛楚吧。

而不幸之處，則是直到重重摔在地上的那一瞬間為止，都無法放下意識。

雖說這些與如今淪為一團不斷痙攣的肉塊的她，都再無關聯了。

§

「所以，該怎麼辦？」

狂風呼嘯而過的荒野上，聽見一個粗獷的男子嗓音。

他把長槍扛在肩上，穿著鎧甲的身影，實實在在可說是個威猛的美男子。

長槍手眼前，聳立著一座在盛夏陽光照耀下閃閃發光的純白高塔。

外牆是帶光澤的白石，但從毫無接縫、一路連向天際這點來看，多半是象牙之類的材質。

想到這世上沒有如此巨大的象，這座塔也就無疑是魔法的產物。

「目測大概有六十樓吧？」

「要從正面硬闖，可有點費事啊。」

答話的是名雄壯威武、比起長槍手有過之而無不及的壯漢。

肌肉發達的身軀穿著鎧甲，背上背著長度幾乎與身高差不多的**闊劍**。

名震邊境的重戰士，舉起手掌仰望天空，瞇起眼睛看向塔頂。

「想也知道蓋出這種塔的傢伙，十之八九個性很差，會在裡面備齊各種怪物和陷阱。」

他腳邊躺著一具滿是裂傷，狀似從高處被拋下來的屍骨。

掛在脖子上的識別牌已經回收。姓名、性別、等級、職業。

從外觀推測是個年輕女子，但模樣已經連她是死了以後才摔落還是摔死都看不出來。

由於曝屍荒野，屍體早就被野狗和野鴉啃食、啄食得一塌糊塗。

再看看塔的周圍遍布紅黑色斑點，真不知已經有多少人曝屍於此。

「就算是孤僻的魔法大師蓋來隱居，這樣已經沒救了吧。」

重戰士用鞋尖戳了戳屍體。塔的主人顯然已經忘記祈禱（Non-Prayer）。

既然如此，對怪物破門擄掠（Hack and Slash），就是冒險者的工作。

「沒必要老實應付。」

最後一人淡淡地開口，低聲說道。

這名男子穿戴廉價的鐵盔、髒汙的皮甲，手上綁著一面小圓盾，腰間掛著不長不短的劍。

他把手伸進掛在腰間的雜物袋，翻找裝備。

「爬牆吧。」

「喂喂，你是打算鉤繩索上去？我看只會爬到一半就脫落，害我們摔下來吧。」

「用雙手握住岩釘，打進牆上，把身體往上拉。」

長槍手本來擺出一副傻眼的模樣聳肩，看到哥布林殺手拿出岩釘後不由得瞪大眼睛。

「你有攀登的經驗？」

「爬山之類的有。還有懸崖。」

重戰士雙手抱胸，沉吟思索。他透過指頭估算高度，咂了下舌。

「問題在於途中遭敵人攻擊時的戰鬥。就算不如惡魔，石像鬼（Gargoyle）也一樣可怕。」

「石像鬼。」

「就是石頭做的像。」重戰士用手概略比出大小。「有翅膀，會動，會飛。」

「唔。」哥布林殺手低呼一聲。「還有這種傢伙。」

「沒錯。我是希望至少有打擊類武器……要是有施法者在，就輕鬆多了啊。」

「喂，你別真的考慮好不好？」

重戰士正經八百地開始擬定作戰，長槍手就露出難以置信的模樣吐槽。

「不然你打算正面硬闖、見人就砍，沿路檢查外加解除陷阱，慢慢探索上去？我可不幹。」

重戰士深深嘆了口氣，挪動背上大劍的位置，調整到兩片肩胛骨之間。

「因為現在的我們，沒有魔法師、僧侶，也沒有盜賊啊。」

被他這麼一說，長槍手也只能閉上嘴巴。

§

這世上從來不缺冒險的舞臺。

四方世界中有著許多神代的遺跡，到了邊境就更多。

無論秩序或混沌，國家一度繁榮，隨即因亂世來臨而滅亡，又再度興起，不斷反覆至今。

因此，找到一兩處新的遺跡，也不至於驚動天下。

然而，若是在直到昨天還空無一物的地方，突然產生遺跡，那就又另當別論。

這座聳立於荒野中的象牙之塔，是由路過的行商隊伍最先發現。

本來應該存在於去路上的森林消失了，取而代之的是一座睥睨眾人的白色尖塔。

商人們的震驚自是難以估量，但他們沒有時間發呆。

因為一群長有蝙蝠般翅膀的人形怪物，從頭頂上撲了下來。

惡魔！可恨的混沌眷屬！不祈禱者！

連滾帶爬逃回來的商人們所回報的消息，透過冒險者公會，一路傳進國王耳裡。

派兵殲滅，一勞永逸？若能如此當然最好，但事情沒這麼簡單。

調動軍隊本身，就必須花費人力與資金。

人力就是人民，資金就是稅金。

也許明年必須加稅。也許被課以兵役的親朋好友當中會有人戰死。

人民可受不了。所以屆時人民的不滿也會累積。

而且還存在必須監視棲息在火山的龍，以及至今仍對周圍造成威脅的魔神王餘孽等諸多問題。

調動軍隊，也就意味著會有其他方面的防守變得薄弱。

如果這次的事件，乃是調虎離山的誘餌，那該怎麼做？

雖說有惡魔群集，但終究只是座聳立在荒野之中的塔。

說不定是孤僻的魔法師蓋的。還不能算是攸關世界或國家存亡的危機。

沒有道理派兵。

若要問那麼軍隊是為何而存在？答案是為了因應混沌勢力的入侵。

上一次的大戰，在新的白金等級勇者與魔神王的決戰中，雙方曾齊整戰列、展開會戰。

消耗十分劇烈。死了很多人，傷了很多人。

這樣一來，自然無法立刻展開下一場戰事，下一場會戰。

最重要的是，要是將大軍投入遺跡或洞窟之類的地方，肯定會全軍覆沒。

軍隊是用來在野外與敵軍戰鬥的，不是用來攻堅連馬都進不去的密閉處所。

遺跡與洞窟裡有怪物。怪物威脅到開拓村。

又如何能把軍隊派去這每一個地方呢？

正因為是好的王公貴族，才無法如此輕易說出「我會派兵」這種話。

「然而，事情卻也不容忽視。」

年輕的王來探訪久違的友人，深深呼出一口氣。

樹葉的縫隙間灑落柔和陽光，眼前是個平靜又清涼，洋溢著寧靜的所在。

草地經過細心修整，花的香氣也很芬芳。排列在樹木間的白色柱子，看上去就像一棵棵大樹。

不知何處傳來的潺潺溪水聲，讓緊繃的神經覺得舒暢。

「妳覺得該如何處理才好？」

「哎呀。」

這裡是神殿最深處的庭園。身為庭園主人的聖女露出嫣然微笑，略一歪頭。美麗的金髮有如蜂蜜般流瀉，灑落在她豐滿的胸部上。

「哥布林那次明明就坐視不理，您可真會給自己方便……」

「即使就個人而言是悲劇，從大局來看就成了枝微末節的小事，這妳應該也懂。」

國王短短地說完，揮了揮手，像是要揮開她的話。

他在備妥的椅子坐下的動作雖然粗獷，卻仍顯典雅。

這就是所謂的王者之氣？或許也可以說是格調。是那種與生俱來就擁有此般氣質的人才看得到的動作。

「況且既然是冒險者，哪有打不過哥布林的道理？」

「……說得也是。」

這是純粹的事實。

哥布林很危險，一旦落敗，等著自己的命運只有悲慘二字足以形容。

但哥布林終究是最弱的怪物。而一旦打輸就會下場悽慘這點，也並非只限於哥布林。

不管是被龍咬碎，被黏泥溶解，被巨像踩扁……

最後等著人們的，都和被哥布林玩弄時一樣，只有死亡。

無論缺的是體力、等級，還是幸運，打不倒小鬼的人，都無法指望能有所發展。

「畢竟陛下太善良了……」

女子微微張開的嘴唇，流瀉出戲謔的歌謠。

多麼善良的領主大人

不向百姓徵稅

還引氾濫的河水給他們

市政事必躬親

讓官員終日在床上高枕
施捨飢餓的人飯吃
對士兵頒布忍耐條款
朝小鬼巢穴派遣勇者
把都城化為洞穴巨人的大餐

這嘲笑所謂善良貴族的歌，讓國王皺起眉頭，女子像個女童似的嘻嘻輕笑。

「這種時候不正應該讓冒險者上場？陛下。」

「果然是這樣嗎……」

國王一邊揉開眉心，一邊點了點頭。他早認為會有這樣的結論。

單靠軍隊驅除怪物應付不來。

因此才會給予那些遊民身分，給予酬勞，把他們當成「冒險者」送去解決問題。

這個社會就是這樣運作到今天，這次也只要比照辦理就好，就這麼簡單。

冒險者不正是專門驅除怪物的業者嗎……？

「商隊說是惡魔，但實際情形是否如此可沒人知道。」

國王一副愛莫能助的模樣搖搖頭，把體重深深放到椅子上。

在王座上就沒辦法這麼做了。他閉上眼睛，將庭園清爽的空氣吸滿整個肺。

「我怎麼想都不覺得，商人分得清惡魔和石像鬼。」

「那麼，就是邪惡魔法師的塔囉。」

神殿主人發出幾聲輕笑，事不關己地說：「哎呀，好可怕喔。」

國王抬起頭，半翻白眼瞪著她，但並未多說什麼。

上次將小鬼造成的危害延後處理的決議，令她頻頻拿這件事來譏刺。

但所謂王者的氣度，就是要連他人對自己政令的不滿都甘之如飴。

要說我無能就儘管去說。

「這比哥布林危險多了。但，和那些魔神倒是沒得比。」

「說得也是。」

「在南方，似乎有死靈術師(Necromancer)挖開了古墳。」

國王深深靠到椅背上，姿勢甚至可以說有些邋遢。椅子被壓得咿呀作響。

「那可是亡者的軍隊。我實在沒有餘力去跟小鬼或一座塔糾纏。」

「呵呵，看樣子您累了呢。」女子說著，彷彿刻意展現似的從衣襬間微微露出大腿。

「立場這種東西實在棘手。」國王喃喃說道。「連見個朋友，都需要名目。」

「立場就是這種東西。」她輕聲說著。「看得見的事物，看不見的事物，都會變。」

「像以前那樣，執劍與同伴並肩作戰就好——這樣的話我已經說不出口了。」

國王嘆了口氣，心有戚戚焉地咀嚼著過去的記憶。

「我覺得單純當個君主(Lord)攻略迷宮時，要比現在輕鬆得多。」

「哎呀，您是指被強盜(Bushwhacker)打得頭破血流跑掉，還比較值得誇耀？」

「記得是不是有支團隊老是遭到黏泥(Slime)攻擊，被整得可慘了？」

聽到這番揶揄的話，國王還以顏色地譏諷回去。劍之聖女輕聲呼出一口氣。

「我也不時會想拋下這立場，變回單純的一個小姑娘。」

「連貴為至高神大主教的英雌也會這樣？」

「會呀。」失明的聖女臉頰染成淡淡玫瑰色，嘴唇妖豔地鬆開。

她手按豐滿的胸口，彷彿要鎮住心臟的鼓動，發出愛的耳語般令人心神蕩漾的聲音。

「最近，非常想。」

「我們彼此都很難順心如意啊。」

因此才有趣。國王這麼說著，以威風凜凜的動作從椅子上起身。

「那麼，我差不多要失陪了。好歹形式上，我只是來跟妳借幾個戰司祭。」

「遵命，陛下。有幸和您交談，小女子喜不自勝。」

「我看很難說吧。」

國王用含有幾分親密感的尖銳態度，輕快地笑了笑。

「聽妳的口氣，像是有比我更心儀的對象啊？」

§

「不，應該沒辦法。」

重戰士對國王署名的委託案，斬釘截鐵地搖了搖頭。

「有困難嗎……」

「問題出在我們團裡的人最近搞壞身體，不然我早就接下來了。」

重戰士在櫃檯前面露難色，櫃檯小姐也跟皺起眉頭：「這可傷腦筋了。」

她拿在手上的，是暫稱「惡魔之塔」的遺跡探索委託書。

突然出現遺跡或迷宮，這樣的情形在最近已經漸漸變得不是那麼稀奇。

從前陣子的魔神王討伐戰以來，各地也同樣有魔神王的餘孽在暗中活動。

邪惡的魔法師似乎也打算趁軍隊從損害中恢復的期間活動，變得不怕被人們看見。

櫃檯小姐——乃至整個公會，對這種直接把委託扔過來的情形，若要說並無不滿，那就是在騙人……

即使每件都有數十枚金幣的酬勞，這樣的委託卻有一、兩百件。

考量到國庫並非取之不盡，也無法奢求更多。

「不是要對付惡魔嗎？」

也不知是否明白她形狀優美的胸中正暗自嘆著氣，只見重劍士仔細檢閱委託書。

他戴著粗獷護手的指尖，慢慢順著在紙上躍動的文字劃過，然後猛然一拍。

「至少也得有施法者（Spell Caster）和斥候啊……而且得是銀等級的。」

「要三個人是嗎……」

「這是最低限度的人數。如果可以，最好能有魔法師和神官，前鋒包括我在內要三個人，一共六人……」

唔唔唔。櫃檯小姐以正經的表情細細思索，無意義地翻動手上的文件。

冒險記錄單（Adventure Sheet）。

各個冒險者經歷過的無數冒險，以及因此而成長的能力，都記載在上面。

從某種角度來看，說這份文件就是冒險者的生命，也並不為過。

如果菜鳥也算在內，那麼無論魔法師、神官、斥候、戰士，都多不勝數。

但若要篩選出成長到了高手水準的人，數目就會大為減少。

雖說位於中堅階層的老手最缺，的確是個問題……

——實在沒那麼容易剛好湊到人啊。

櫃檯小姐朝那些把公會擠得門庭若市的冒險者們瞥了一眼。

當然前提是實力高超，但同時也要保證人格沒有瑕疵。

畢竟這件工作的委託人是國王，不能找那種只想炫耀自己實力的人。

多少有些利己倒是無妨，有野心也罷，不過必須分得清本末……

「最好還是法術與戰鬥能力兼備的人選，但這簡直是……」

「這裡就有一個唷～！」

痴人說夢這幾個字尚未說完，就有人大聲回應了這句不小心吐露的心聲。

那人一副得其所哉的模樣，意氣風發地扛著長槍，直線衝到櫃檯前。

櫃檯小姐一認出他，就「啊啊」一聲，把微笑貼到臉上。

「對了，記得您還學了法術？」

「畢竟冒險者就是要能對應所有狀況！」

長槍手自信滿滿，強而有力地點頭，似乎完全沒注意到。

一旁的重戰士說了聲「啊喳」，在自己額頭拍了一記。她倒覺得這樣的反應已經夠明顯了才對。

話雖如此，長槍手多和魔女搭檔行動，這件事櫃檯小姐不可能不知道。

「呃，您的團隊不要緊嗎？」

「啊啊，沒問題。畢竟冒險（約會）才剛結束，我想讓她休息休息。」

——……這樣好嗎？

櫃檯小姐隔著肩膀朝他背後一望，便看見了魔女的身影。

她臉上始終掛著令人捉摸不清的微笑，悠哉地坐在長椅上歇息。

這時她輕輕舉起一隻手，朝櫃檯小姐揮了揮。意思會是「妳隨意」嗎？

——就是這種態度最讓人為難耶。

櫃檯小姐一邊用指尖玩著辮子，一邊微微嘆氣。

站在對方的角度，自己應該是情敵——所以她的意思是工作就另當別論？

——糟糕，可不能公私混淆啊我。

「那麼，眼下就先登記兩位……這樣可以嗎？」

「好，我無所謂。因為這小子值得信賴……我是說信用夠好。」

重戰士微妙地含糊其詞，不過仍點點頭，接著發牢騷：「但還是不夠。」

長槍手說聲「也讓我看一下啦」，一把將委託書從重戰士手上搶過去，歪了歪頭。

「哪裡不夠？」

「至少要有斥候。」

「有本事的斥候很少喔。你們團裡的小鬼頭怎麼啦？」

「對上惡魔，我可不打算只靠一個人去拖牠出來。」

重戰士苦澀地說完，又說「責任我擔不起」，瞪了長槍手一眼。

「我不要求戒律屬善，至少希望是中立。」

他所謂的戒律善惡，並非字面上的意思，而是利他或利己，以及好戰與否。

斥候與盜賊之流，無論如何就是會有比較強的利己與積極傾向。

如果想省略緊要關頭因為個性不一致而起爭執的可能，這個要素就還有考慮餘地。

「也就是說，需要的人才——」

是斥候，也是前鋒。

實力沒有問題，人格也要良好。

個性上不會公私混淆，戒律要屬善或中立。

而且要肯接這種委託……

「嗯，有一個人可以！」

櫃檯小姐一拳搥在手掌上，站了起來，長槍手狐疑地抬頭看著她。

他的視線一瞬間竄往自己胸部，這點櫃檯小姐也有留意到，但總之現在不去在意。

「奇怪，有這樣的傢伙嗎？」

「他的本事可是掛保證的喔？」

她先露出滿臉微笑，甚至做出朝他眨了眨一隻眼睛的大放送，然後意氣風發地踏出腳步。

用力把文件抱在胸口，踏出響亮腳步聲的她，顯得十分帥氣。

她所朝向的，是公會等候室角落的一張長椅。是他每次固定坐的位子。

光是注意到她接近而將鐵盔轉過來，都令她覺得有些開心。

隨後他以低沉的嗓音淡淡說道：

「……哥布林嗎？」

§

「不過我還真沒想到，你竟然會肯接啊。」

「因為沒有剿滅哥布林的工作。」

於是三名冒險者聚集在高塔前。以重戰士為頭目，長槍手與哥布林殺手隨行。

凡人(Hume)男戰士、凡人男戰士、凡人男戰士，這個團隊的組合會讓內行人不得不苦笑。

雖然會情非得已組成這種隊伍(Party)的情形，往往所在多有。

「而且，我缺錢。」

「我看還不就是剿滅哥布林用的嗎？」

「不是，但很急。」

「看金額大小，要我借你也行喔。」

重戰士一邊毫不大意地察看聳立在眼前的高塔，一邊說道。

「因為你看起來還不會死。」

「謝謝你的好意，但不用。」

「也罷，我無所謂。」

重戰士點頭回應，哥布林殺手就把手往雜物袋裡一插。

一陣翻找後，他從雜物袋取出一束岩釘和小小的鐵鎚。

「而且我已經欠你們一次。」

「欠你個頭。」

長槍手忿忿地啐了一聲，用力皺起臉。

「就說我們是冒險者了。只不過完成委託，可不想搞得賺了一筆人情！」

「是嗎。」

「再說那個時候你還真的只請我喝了一杯！你欠本大爺的還多著呢！」

「你怎麼前言不對後語啊？」

重戰士傻眼說出的這句話，兩人似乎都並未聽進去。

哥布林殺手接著掏出一捆繩索，套到自己肩膀上掛著。

「當時說好報酬是一杯吧。」

「唔……!?」

被哥布林殺手若無其事地回嘴，長槍手啞口無言。

聽著兩人的互動，讓重戰士必須拚命忍住不笑。

長槍手尷尬地連連咂舌，敲了敲外牆。

「……不、不過話說回來，這牆壁似乎很硬喔。岩釘打得進去嗎？」

他是在掩飾尷尬，但其他兩人倒也不吐槽。

的確，這是一夕之間蓋出來的塔，用的顯然並非尋常建材。

「來，先借我試試。」

「好。」

哥布林殺手把岩釘與鐵鎚，交到朝他伸出的手上。

重戰士接過，將岩釘抵在牆面後，用鐵鎚連連敲打，接著沉吟起來。

「原來如此，的確很硬。」

高塔那平滑且帶光澤的外牆，看上去並未留下一絲傷痕。

於是重戰士緩緩自雙手脫下了皮護手與手環。

將裝備塞進背包後，取出一只裝滿紅色液體的藥瓶。

他拔開栓子、一飲而盡的，想必是提升肌力藥水（Strength Potion）。

重戰士收起空瓶，接著拿出單手劍，以及鑲有一顆發光紅寶石的戒指。

「哦——強化身體（Physical Enchant）的戒指嗎？」

長槍手興味盎然地問了一聲。

至於重戰士擁有魔劍這點，他根本不吃驚。

魔法武器固然稀少，但到了銀等級，有個一把已經是理所當然。

「平常有劍術熟練的手環和魔法的皮護手可用，所以不太有機會輪到這玩意出場啊。」

重戰士將單手劍配掛到腰帶上，然後用戴上戒指的手緊握岩釘。

接著「哼」一聲奮力敲擊——這回岩釘可不是輕易打進外牆了嗎？

「哥布林殺手，看清楚。這才是一流冒險者該有的裝備。」

重戰士一副想說「為何是你在自豪？」的神情，但長槍手不理會他，趾高氣昂地續道：

「你要不要也帶把魔劍試試？現在這樣不夠稱頭吧。」

「不打算帶魔劍，但戒指之類的我有。」

「是喔？」

「水中呼吸。」哥布林殺手簡短地說了。「就算被小鬼搶走也無害。」

「這要用在什麼地方……等等，竟然是以被搶為前提喔？」

長槍手按住眉心。「那當然。」鐵盔縱向搖動。

「哥布林的手指戴不住那個。」

「對這小子說什麼都沒用，這點教訓你早該學到了吧？」

重戰士按捺住笑意，抓住岩釘，用力將身體往上拉。

「啊，藥水就算在必要開銷，沒問題吧？從酬勞裡扣掉再分成三等分。」

接著重戰士只用單手維持姿勢，又打進一根新的岩釘，繼續往上爬。

雖然稱不上身輕如燕，身手仍相當矯捷。

畢竟他是背著鎧甲與大劍在攀爬，憑半吊子的蠻力是辦不到的。

「沒問題。」

「好唷。」

哥布林殺手立刻回答，長槍手也沒特別反駁。

要吵酬勞怎麼分配，在酒館裡吵就夠了。這對能夠獨當一面的冒險者而言已是常識。

況且要是留著捨不得用，自己卻先死了，那麼不管是多貴重的道具都沒有意義。

哥布林殺手接在重戰士之後抓住岩釘，長槍手就在背後露骨地啐了一聲。

「呿，我墊後喔。」

哥布林殺手立刻停止動作，手搭在岩釘上回頭問：

「你要先嗎？」

「肉盾（Tank）帶頭，斥候（Scout）第二。好啦，別卡在那快爬快爬。」

「是嗎。」

用力把身體往上拉，抓住下一根岩釘，腳也踏到前一根岩釘上，一段一段往上爬。

之後就只需要一心一意重複這樣的動作。不看上面，也不看下面，只對左右警戒。

默默持續做著眼前的事，相信遲早會爬到塔頂。

他們都是累積了應有經驗的冒險者，當下也有地方可供手腳抓踏。

只要留意爬得愈高就愈強的風，攀登外牆這件事本身並不困難。

問題在於，障礙並非只有風。

哥布林殺手擔任斥候，持續警戒左右，這時突然「喂」了一聲。

「西邊。」哥布林殺手說了。「數目三，有翅膀，不是哥布林。」

「來見客啦……皮膚顏色呢？」

「灰色。」

「果然。」重戰士聽見他的回答，點了點頭。「肯定是石像鬼。」

「石像鬼。」哥布林殺手「哦」了一聲。「那些就是嗎。」

「雖然也可能是石惡魔(Stone Demon)，但十之八九錯不了。」

這種帶翅的惡魔，有著像是暖爐邊黑灰般的顏色。

乍看之下會令人這麼聯想的石頭怪物，即是雨漏(石像鬼)。（註1）

石像鬼本是保護神聖領域的衛兵，如今卻已淪為不祈禱者。

是否歸罪於那勇猛而凶煞的外貌已不可考，他們在漫長的歲月盡頭，被混沌奪去了心智。

既然原本是石像，怎麼想都不覺得拍動翅膀就飛得起來，但石像鬼就是會飛。

除此之外還生著石造的身體與手臂，可說是相當難纏的對手。

「你真的沒看過嗎？在遺跡之類的地方偶爾總會碰到吧。」

「有過幾次。」哥布林殺手緩緩搖頭。「我不知道那是石像鬼。」

註1　石像鬼（Gargoyle）原文作「樋嘴」，意指雨漏，又稱滴水嘴獸。為建築輸水管道噴口終端的一種雕飾。

「沒什麼，反正牠們馬上就會死了。」

露出鯊魚般猙獰笑容的長槍手視野之中，也飛來了怪物的身影。

從牠們以螺旋狀繞著塔飛行來看，想必是這座塔的哨兵。

牠們八成沒想到竟然會有人爬外牆上來，正忙著下降。

距離開戰已經沒有多少時間，但冒險者們並未顯得畏懼，不改剽悍態度。

「說石像鬼怕陽光，應該是假的吧。」

長槍手挪動踏在岩釘上的腳，調整姿勢瞪著石像鬼。

「被抓住就跟牠們扭打。」

哥布林殺手用綁著盾牌的左手維持身體姿勢，反手拔出了劍。

「讓牠們墊在底下，摔下去也不會死。但免不了脫離戰線。」

「得加上『減速』的法術就是了。再說，你指的是一劍沒砍死的情形吧？」

重戰士拔出了微微籠罩一層白光的單手劍。那是魔力的光芒。

接著用嘴叼住從柄頭垂下的裝飾繩，在手腕上繞了幾圈。

「我用單手就很夠了喔？」

「白刃戰之前要先進行魔法戰好嗎。受不了，你們這些肌肉腦。」

接著長槍手瞇起眼睛，單手觸碰耳環——魔法的發動體。

哥布林殺手往腳底下一瞥，看清楚他的動作後，搖了搖頭。

「我有在思考。」

「同下。」重戰士說。

「少廢話，閉嘴啦！會害我不能專心！」

「GARGLEGARGLEGARGLE！」

伴隨一陣稀哩呼嚕像是在漱口的混濁叫聲，惡鬼的雕像飛了過來。

但長槍手不慌不忙，念出了能改寫世界定律、擁有真實力量的話語。

「『荷拉（時間）……賽梅爾（暫時）……西倫特（停滯）』！」

下一秒，風停了。

空氣的流動凝止，遠方傳來的聲音斷絕、停滯，不再傳遞。

長槍手的話語充斥在世界中，扭曲了事物的道理，讓一切遲緩下來。

是停滯（SLOW）的咒文。

「GARGLEGARG!?GARGLEGARG！」

「GARGLEGARGLEGRA！」

即使拍動翅膀，也產生不了升力，不容石像鬼繼續停留在天空。

困在重力之手當中的三隻怪物，花了幾秒鐘摔下幾十層樓的高度，徹底粉碎，歸於塵土。

既然已經化為殘骸，相信這些活石像再也不會動起來了。

「搞什麼，這樣就全滅啦？真沒用。」

「果然從這種高度摔下去，幾乎都會死啊。」

重戰士感到無趣地噘起嘴，哥布林殺手把劍塞回鞘中。

兩人也不多說，抓住岩釘繼續攀登，長槍手臉上透出了明顯的不滿。

「你們兩個，多少對我的法術誇個幾句。」

「這招不錯。」

回答他的是哥布林殺手平淡的幾個字。

「改天試試。」

「用在哥布林身上喔？」

「不然要用在哪。」

這句乘勝追擊般的回應，令長槍手露出由衷倒胃口的表情搖頭。

把哥布林弄到高空再摔下去——這不是腦子正常的冒險者會做的事。

何況這點子的靈感還來自自己，那的確只會想說「饒了我吧」這句話。

「別說這些了，你還剩下幾次法術？」重戰士的問題，讓長槍手回過神來。

他一邊不肯落後地抓住岩釘把身體往上拉，一邊朝上呼喊：

「剩一次。」要承認這點令他有些難堪，但事實就是事實。「畢竟不是我本行。」

「好，要是攀登中再遭到襲擊，我們就先下去，休息一個晚上，改成正面硬闖。」

重戰士的判斷下得很快，而且很適切。

要在法術用光的情形下殺進敵陣，還是先恢復之後再殺進去？

怎麼想都是選擇後者的生存率比較高。

長槍手明白這點，但仍嘴角一揚。

「即使塔頂就在眼前？」

「近在眼前就另當別論吧。」

長槍手隨口一問，重戰士露齒一笑。

「頭目(Leader)是你。」

哥布林殺手靜靜點頭。

「都聽你的。」

「好，那我們上。」

重戰士手往下伸去討岩釘，哥布林殺手從雜物袋裡抓出一束，交了過去。

多虧他覺得這種工具好用而帶了很多，看來不用擔心會不夠登頂。

「反正我們來的事情都已經被對方知道了，就讓主人為我們準備盛大的歡迎會吧。」

「嗯。」

哥布林殺手簡短回答，抬頭看向去路。

在重戰士背上，一把極寬的闊劍正鏗鏘作響地搖動。

哥布林殺手正經八百，以嚴肅的聲調開口：

「別卡到了。」

「少囉嗦。」

長槍手肆無忌憚地哈哈大笑起來，重戰士一臉鬱悶，狠操自己的肌肉。

目的地所在的塔頂，已經不遠了。

§

塔頂是一處散發經典風情的空間。

內凹成圓盆狀的空間是一座廳堂，外圍有著成排圓柱圍繞。

屋頂是弧形的頂蓋，整個空間正好可以裝進一顆巨大的球。

天花板上畫著天體圖，但那不祥的異樣線條，已經和任何既有的星座都不一致。

地板與柱子都是純白色。從柱子的縫隙間可以看見藍天，卻仍帶有一種幾乎要把人碾碎的壓迫感。

重戰士的手牢牢抓住邊緣攀上去，抬頭看向星座，忿忿地哼了一聲。

「這肯定是混沌的尖兵。我們用不著顧忌，大開殺戒吧。」

皮護手抓住了他說著朝外伸出的手掌。

哥布林殺手在重戰士用力拉扯的幫忙下，爬上了最頂樓後，目光望向四周。

「上來得比想像輕鬆。」

「畢竟我們三個都是男人啊。」

重戰士一邊從手上拔掉戒指，塞進背包，一邊這麼說。

他迅速取出護手與手環裝備好，握緊背上的闊劍。

「實在不想讓隊上的小夥子們這樣攀登。」

「啊，這我有同感。」

回答他的，是對伸到眼前的皮護手有所遲疑，皺起眉頭的長槍手。

長槍手的手緊緊握住粗獷而簡陋的皮護手——最後一人也把身體拉上了頂層。

「我也不想讓她爬，再說她根本就爬不上來。畢竟自備兩個大包袱。」

這說法雖然下流，神奇的是並不會讓聽者覺得猥褻，難道是拜人品所賜？

長槍手用雙手在胸前比出捧起東西的動作，重戰士對他投以狐疑的視線。

「不難理解。」哥布林殺手也悶著聲點頭。

「不想浪費後衛的體力。那傢伙很嬌弱。」

「竟然是擔心這個。」

長槍手深深嘆了一口氣。

「你就沒有——別的念頭嗎？女孩子的外表不就是用來誇的嗎？不管是胸部、

腰還是屁股。」

「誇了能怎樣。」

「討她們喜歡，讓自己有女人緣！」

「是嗎。」

哥布林殺手只回了這句話，就不再理他，拔出了劍。

接著還把綁著圓盾的帶子也檢查過，持劍的右手腕轉了轉。重戰士朝他瞥了一眼。

「體力沒有消耗太多吧？」

「沒問題。」

「好。」

重戰士輕輕拍了拍哥布林殺手的肩膀。

「你呢？」

「我才沒那麼弱。」

長槍手露出剽悍的笑容，雙手握槍輕輕揮動。

頭目展現自己掌握住所有隊友的狀況，是消除團隊緊張的重要舉動。

何況已來到決戰前，自然更加重要。

重戰士毫不大意，將劍尖指向屋頂的一處，輕輕舔溼嘴脣。

「要開始囉。」

敵人果然就在那兒。

屋頂的正中央，凹陷的盆狀區底部，有個影子縮在地上。

伴隨這個蠢動的影子以滑溜的動作起身，黑暗便像受到吸引似的聚集過去。

黑暗轉眼匯集成發霉外套般的形體，這人一邊如蜃景般搖曳，一邊站了起來。

「該死，你們這些愚蠢的命定者（Mortal）……！」

這陣嗓音就像枯木被風吹得彎折時的聲響，怎麼聽都不像是由人類發出來的。

外觀就像個瘦骨嶙峋、千糾百結，佇立於沼地中的影子。

皮包骨的手指，緊握著同樣老舊的杖，外套下燃燒著鬼火。

眼前這名邪惡魔法師扮相經典得無從挑剔的男子，對恨之入骨的冒險者吐出詛咒的言語。

「竟敢妨礙余思索，這是多麼可……!?」

然而他這番話未能說完便被截斷。

是一把劍。

一把不長不短，粗製濫造的劍。

這把劍咻一聲從空中直穿而過，分毫不差地插上了魔法師的胸口。

魔法師「嘎」的一聲，蹲下去伸手亂抓喉嚨。

「喂喂，讓他說完好不好？要知道他再也沒別的機會說了啊。」

「沒必要老實應付。」

是哥布林殺手。

長槍手說得賊笑兮兮之際，若無其事擲出劍的這名男子，搖了搖他的鐵盔。

「而且看樣子，對方也不是老實的對手。」

他說得沒錯。

當場倒地的魔法師，胸口的劍一眨眼就迅速腐朽。

這把劍轉眼間化為爬滿紅鏽的殘骸，皮包骨的手用力一抓，當場折得碎裂。

「儀式，已然，完成！」

魔法師一邊拔去鏽蝕的劍刃，一邊咆哮著站起。

眼前這人是不祈禱者的事實，已經再明白不過。

重戰士舉著大劍，視線朝哥布林殺手瞥了過去。

「我看問題出在你刺到的是胸口吧？」

「那是哥布林頭的高度。」

哥布林殺手拔出短劍舉好，深深蹲低。

隨著腳步一點一點往前逼近，魔法師眼窩中燃燒的鬼火跟著晃動。

「即刻起，余將無法再被有言語者所弒……！」

「人家這麼說喔～」長槍手口氣像是在壓抑呵欠。「怎麼辦？」

「他說不會被殺，但沒說不會死啊。」

重戰士露出了生平第一次打倒大黑蟲（Giant Roach）時的笑容。

哥布林殺手用和面對哥布林時同樣的態度，點了點頭。

「那麼，該做的事就只有一件。」

整個團隊連相視點頭也省了，迅速組成戰列，進入臨戰態勢。

魔法師立刻高聲嚷出真言，將空間大幅度扭曲。

不知是否該說不出所料，隨著兩、三句咒語顯現的，是灰色的石魔。

他們忠實地侍立在主人背後，聽從揮下的手杖指示，一舉撲向冒險者。

在可恨的星座下振翅飛行的石像鬼，概略一數，起碼有十隻以上。

「焚琴煮鶴的低等蠻族（Barbarian）……！屈服在余的睿智之下吧！」

但這一方卻是以一當千、純粹走戰士這條路一路升上銀等級的人。

重戰士那以努力與忍耐支撐的劍技，不可能會是半吊子。

「你漏講了『偉大的（Great）』啦……！」

重戰士將闊劍使得呼嘯生風，迎擊這群怪物，攔住正面與左右的敵人。

「GARGLEGARGLEGA！」

「GARGLE！GARGLEGA！」

每當石像大意地踏入攻擊範圍，逮到機會的他便加以破壞（Destroy）。

這名威風凜凜蹂躪石之敵的男子，只消有自己的肉體與劍，就什麼都足夠了。

區區人海戰術算得了什麼？每當大劍揮過時噴散的粉塵，飄揚得有如軍旗一般。

「那就儘管迎接蠻族該有的死法吧！」

魔法師法杖一揮，躲在石像鬼們背後大聲吆喝。

「『特尼特爾斯（雷電）……歐利恩斯（發生）……』！」

擁有真實力量的言語導引下，高漲的魔力在空間中翻騰。

明明無風吹起，卻有著風暴般的壓力撲向冒險者們。

「『閃電（Lightning）』嗎！」

長槍手看出這是什麼法術，一邊毫不大意地伺機而動，一邊大喊：

「『抗魔（Counter Magic）』……不，應該沒用！不好意思，行不通！」

但這也意味著他明確理解對方是比自己高竿的魔法師。

為了不知道管不管用的嘗試而浪費剩下的一次法術，是非常差的一步棋。只是在碰運氣。

「好。」重戰士點點頭，一邊宰殺另一隻石像鬼，一邊大聲指揮：

「摀住嘴巴！」

「摀住嘴巴。」

彷彿在複誦重戰士的指令，早已放開短劍的哥布林殺手開始翻找雜物袋。

一顆白蛋從他抽出的手上投擲出去，動作一氣呵成。重戰士拉起外套的領子。

蛋劃出漂亮的拋物線，卻被魔法師用昆蟲般的手拍落，一腳踏爛。

「耍小聰明……——……!?」

下個瞬間，紅色煙霧猛然從魔法師腳底下噴發。粉塵混著碎裂的蛋殼往上竄升。

眼睛、鼻子、喉嚨，都產生令人發麻的劇痛。連呼吸都有困難，也發不出聲音，當然更不用說施展法術了。

魔法師忍不住按住臉，發出不成聲的慘叫，身體大大往後弓起。

飛散開來的是一種紅色粉末——把辣椒粉與其他多種物質封入蛋殼內而製成的催淚彈。

無論如何窮究魔導，只要有眼睛與口鼻，就很難逃過催淚彈的影響。

「得、手……啦！」

長槍手立刻以羽箭離弦般的勢頭，從樓層上飛奔而過。

那些被重戰士絆住的石像鬼，他根本不放在眼裡。

長槍手從旁溜過，一舉逼近魔法師，同時用單手觸碰耳飾。

「『阿拉內亞（蜘蛛）……法基歐（產生）……利加圖爾（束縛）』！」

「!?」

迸射而出的『黏絲（Spider Web）』，輕而易舉地纏住了痛苦難耐的魔法師。

當魔法師體內的鬼火見狀而猛然燃起的瞬間，刺出的槍尖早已貫穿他的心臟。

噴出的血沫呈藍黑色，長槍手趕緊一腳踹在他那被蛛絲裹住的軀幹，拔出長槍跳開。

想當然，就如先前所言，魔法師並沒有因此斷氣的跡象。

魔法師口中吐出藍黑色的血糊，仍想開口吟詠咒語……

「閉嘴吧你。」

長槍手用槍尖纏上一團『黏絲』末端的絲線，送進他嘴裡當成了口轡。

但魔法師仍不死心，兩團鬼火燃起殺意，讓長槍手聳了聳肩膀。

「看來他說不會被殺倒是真的。」

「是啦，雖然不會說話的魔法師根本不可怕……」

但還真麻煩。重戰士喃喃之餘，大劍一劈，終於粉碎了最後一隻。

之後只要找出這座塔內的魔力來源，並加以破壞，應該就可以了。

然而，只要這個魔法師還活著，八成無法讓陷阱與怪物消失。

「唔……」

重戰士正沉吟，一旁的哥布林殺手毫不鬆懈地用短劍抵住魔法師。

接著他似乎忽然發現了什麼，鐵盔緩緩一歪。

「扔下去不就好了？」

「……」

「……」

重戰士與長槍手對看一眼，露出笑容——實實在在是壞孩子的笑容。

「就這麼做。」

「就用這招吧。」

嘴被塞住而胡亂掙扎的魔法師，被拖到塔的邊緣，然後遭三人從背後一腳踹了下去。

魔法師被沒有言語的重力之手捉住，轉眼就走上了與其他冒險者們同樣的命運。也就是輕而易舉地摔死了。

「可是這傢伙為什麼要蓋出這種塔？」

長槍手從屋頂邊緣，俯瞰著地上濺開的一灘藍黑色汙漬，歪了歪頭。

這類傢伙多半不是盤踞在塔頂，就是躲在地下迷宮的深處，話雖如此……

「如果是在迷宮最底層之類的地方，要打倒他想必就得多費點工夫了。」

「大概是收到了神的啟示（Handout）還什麼的吧？」

重戰士冷淡地這麼一說，把大劍背回背上。

但他仍毫不大意地警戒四周，或許是因為殘餘敵人與陷阱的危險並未減少。

「好啦，趕快找寶藏囉。老大（Boss）都死了，動作再不快點，難保塔不會消失。」

「喔，說得對說得對！說到冒險，怎麼可以沒有寶藏！」

長槍手興奮得一馬當先跑了起來，重戰士倒也不想阻止他。

態度與行動是兩回事。不鬆懈與不緊張也是兩回事。

「他在這方面，就拿捏得很好啊。」

「嗯。」

哥布林殺手撿起生鏽碎裂的劍，咂了下舌後拋開劍柄，點點頭：

「有很多地方值得看齊。」

「分不清是你是認真還是開玩笑喔。」

重戰士一邊猶豫著不知道該不該笑，一邊和哥布林殺手同步展開探索。

要找的是財寶、寶箱、木櫃，總之就是這一類東西——對冒險者而言，這是無上的喜悅。

過不了多久，他們發現的，是個安置在屋頂角落的紅橡木製長櫃。

「這不是我本行。別太期待。」

哥布林殺手話說在前，然後單膝在長櫃前跪下。

他翻找雜物袋後拿出的，是幾件專用工具。

首先把磨得像刀刃一樣薄的挫刀伸進縫隙間，繞著蓋子與箱子探了一圈。

確定沒有細索（wire）機關後，再用手鏡照向鑰匙孔，查看內部。

做完這一步，才總算輪到鐵絲出場。哥布林殺手開始進行開鎖。

「說到這個，喂哥布林殺手，今天你不是連一隻都沒幹掉嗎？」

長槍手從哥布林殺手的肩頭湊過去看他作業，一臉燦笑。

「這也就表示……」

「什麼。」

「我贏了！」

「嗯。」

哥布林殺手並未反駁，果斷承認這個事實，點了點頭。

「你說得對。」

「好啊！」長槍手握拳大呼痛快，重戰士仰天無語，覺得這人沒救了。

「因為不是哥布林。」

長槍手歡天喜地而漏聽的這句話，清楚地被重戰士收進耳中。

沒多久，鎖喀洽一聲開了，哥布林殺手呼出一口氣。

「雖然現在才提，回去大概會被嚷嚷。」

「嗯……哦，你是說森人大小姐？」

重戰士想起了小鬼殺手團隊中那個愛唱反調又潑辣的森人。

——原來如此，這的確是偷跑啊。

「總覺得會挨罵的反而是我就是了。你死心吧，在吵鬧聲中分配財寶、大口喝酒，可是傳統。」

「……記得拿到的財寶扣掉開銷，分成三等分吧。」

「對，我是這麼打算。」

「財寶嗎。」哥布林殺手一如往常，用淡淡的聲調說了：「不壞。」

重戰士用略顯親密的動作拍了拍他的肩膀。

哥布林殺手默默接受，掀開了寶箱咿呀作響的蓋子。

第7章『死靈術師打個兩回合就被砍成肉泥之後的故事』

Goblin Slayer
He does not let anyone roll the dice.

「喝呀！」

上半身隨著朝陽彈起的勇者，在旅館的床上以萬歲姿勢舉起雙手。

窗外是藍天。精神抖擻、體力全滿，氣力十足。

「好，今天一天也要好好努力！」

她啪的一聲，雙手拍在臉頰上提振精神，一鼓作氣快速脫掉睡衣。

天氣實在太暖和，太舒適，讓人想回到床上，但重要的是一鼓作氣。

畢竟天氣這麼好卻直接睡掉一整天，這樣的用法有點太奢侈。

她迅速穿上衣服，蓋住她那像個少年、但仍有著少女圓潤線條的體型。

最後再背上好搭檔聖劍，便完成了準備工作。武器與護具若不裝備起來，就沒有意義。

「大家早安！」

於是她砰的一聲打開門衝到走廊上，身輕如燕地直接翻下一樓。

所幸也因為還是早上，酒館裡的人很少。

看著她無聲無息的著地動作，看得瞪圓了眼睛的，也就只有值早班的女服務生。

同伴——劍豪早已起床，已經在吃很早的早餐，她倒也不驚訝，只嘆了一口氣。

「……竟然睡了一晚起床後就完全恢復，妳是小孩子嗎？」

「咦咦？大家不都是這樣嘛？」

勇者一邊睜大眼睛歪頭納悶，一邊坐到劍豪對面，兩隻腳盪啊盪的。

她也不問一聲，就從擺在中央的籃子裡拿出麵包，抹上滿滿的奶油後大口咬下。

——嗯，好吃！

「啊，我要……我想一下，我想吃香腸跟炒蛋！」

「好、好的！馬上來！」

「啊，我還要加點麵包！要滿滿的奶油！」

女服務生茫然看著她旁若無人的態度，隨即踩著啪噠啪噠的腳步聲跑向廚房。

「咦，那邊還在睡嗎？」

「畢竟昨天弄到很晚啊。」

劍豪在勇者伸向第二塊麵包的手上一拍，抬頭看向二樓寢室。

似乎是擔心尚未起床的賢者。

「也是啦，數目真不知道在多什麼的。」

「畢竟我們團隊不會解咒（Dispell）。」

所以無法讓死靈或死者回歸土地之中。

也因此，他們就非得總動員所有戰力，實實在在地擊敗死靈術師（Necromancer）的軍隊不可。

要不是有國王他們引開大多數敵人，真不知會變得多艱辛。

「如果可以一劍橫掃到地平線的另一頭去就好了。」

「請不要這樣。如果真的辦到可有多危險。」

「會嗎？」

勇者盪著腳喃喃說著「這樣啊」的模樣，實實在在就是個年幼的少女。

站在劍豪的立場，怎麼想都不覺得這女孩是勇者——是往好的方面這麼想。

自己雖然除了揮動武器以外別無所長，但仍希望至少能夠幫上她的忙。

「說到這個，我作了個怪夢說。」

「夢？」

「嗯，夢到女神她啊，要我去那邊的城市。」

所以當她說出這樣的話時，劍豪甚至還歪頭納悶起來。

劍豪對魔法或神祕之類的事物一竅不通。若是要她斬這個、刺那個之類的倒是沒問題。

「……那是天神的啟示。」

因此，這陣有氣無力的說話聲是來自樓上。

一名揉著惺忪睡眼，手持杖與外套的少女，踩著快而小的腳步下樓梯。

賢者——放眼整個四方世界都極為卓越的施法者之一。

「早安！」勇者用力揮手，賢者點點頭回應招呼。

她拉了椅子坐下，三人圍著桌子，這一如往常的光景讓勇者瞇起眼睛。

「……是什麼樣的城市？」

「嗯啊，好像在辦慶典說。有那種、一團一團很柔和的光。」

「只有這樣？」

「還有，怎麼說、轟轟轟～像暴風一樣很大隻的。那個會是巨人嗎？」

「……我有頭緒了。」

賢者念出一兩句咒語，憑空抽出一張羊皮紙。

劍豪並不清楚究竟是怎麼辦到，但她有時會用這種方式拿出行李。

攤在桌上的，是一張針對邊境所畫的地圖，賢者用手杖指向圖上一點：

「……這裡。」

「好～！」

勇者用力一握拳，女服務生就說聲「久等了」，把餐點端上桌。

劍豪問：「要點什麼？」賢者簡短回答：「煎蛋捲。」

勇者一邊往桌上的炒蛋擠出滿滿的番茄醬，一邊笑著說：

「下次冒險，就決定去那邊了！」

實在是──這世上從來不缺冒險的舞臺。

第8章『妖精弓手假日過得拖泥帶水的故事』

「嗯嗯……！」

已經升得頗高的陽光改變角度，穿過窗戶，刺在妖精弓手的眼瞼上。

只在裸體上披著一張毯子就撲上床的她，把臉埋在枕頭裡，企圖進行無謂的抵抗。

但陽光的耀眼相當難纏，並非只遮住眼睛就能抵擋得住。

森人終於屈服，像隻貓一樣「嗚啊」一聲打了個呵欠，大大伸展修長的身體。

「呼啊……啊～啊……嗚唷……嗯～……早上……？」

太陽高得不能再稱為早上，已經快到中午時分。

妖精弓手揉著眼睛朝窗戶望去，慢吞吞地在床上盤坐起來。

「嗚嗚……」

她一邊用力搔著睡得捲翹的頭髮，一邊從口中發出莫名其妙的聲音。

記得今天應該是休假。至少，既然沒有任何人來叫她起床，應該就不是冒險的日子。

歐爾克博格那傢伙還是老樣子，開口閉口就是哥布林，一個人就這麼出門去了。

不對，老實說前陣子那件事實在很誇張。竟然會跑去塔上跟邪惡的魔法師打。

──不管什麼事情，都跟森林裡大不相同。

光是可以睡到中午這點，就不枉她當初跑出森林。

她又打了一次呵欠，搔了搔健康而緊實的肚子與肚臍。

雖說上森人(High Elf)舉止優雅，總是有個限度。

妖精弓手把腳伸到東西散亂得快沒有地方踩的地板上。

接著用腳尖夾住的，是平常愛用的赤柏松木大弓。

她將睡前放鬆的弓弦重新繫緊，輕輕拉了拉測試手感。差不多該換了嗎？

「呃，記得是放在這附近……」

妖精弓手接著躺到床上，嘿咻一聲，朝地板伸出手。

這次抓起的是隻大約指頭大小的小蜘蛛。這蜘蛛剛才還爬在她脫了以後隨手扔在地上的纏腿布上。

妖精弓手用纖細的指尖按在蜘蛛屁股上一拉，就有一條銀色的線劃過空中。

這毋庸置疑就是在紡絲。而且紡的並非黏絲，而是蜘蛛用來行走的絲。

妖精弓手重複了兩三次這樣的動作，得到長度合適的絲線後，搖了搖長耳朵。

「差不多就這樣吧。謝謝囉。」

她輕巧地放開了蜘蛛，接著是捻絲的步驟。

蜘蛛絲很輕，強度卻超越相同粗細的鋼，最適合做為弓弦。

迅速地整完幾條蜘蛛絲後，妖精弓手把絲線從一頭到另一頭用力拉撐幾次。

當她判斷沒有問題後，心滿意足地搖了搖一雙長耳朵。

「這樣就完成了。」

妖精弓手將絲弦繞成線圈狀隨手一扔，便輕巧地下了床。

她小心不要踢到借來的書或是買來的一些搞不清楚怎麼玩的玩具，在房間內走動。

輕輕撿起獵人裝束，嘿呀一聲隨興地套上。

今天是假日，應該用不著穿外套這種東西吧？隨身攜帶小刀則是身為獵人的好

習慣……

她身材纖細嬌小，肌膚白皙通透，肉也很少，搭配上平坦的胸部，散發一種雕像般的美。

就美貌這點而言，森人不容其他種族望其項背。

然而時常以衣著遮蔽、隱藏，全因他們自認相貌十分「普通」。

「～♪」

妖精弓手漫無目的地哼著歌，三兩下把頭髮綁了起來。

她輕輕撥開落在肩膀與臉頰上的頭髮，轉身一看，映入眼中的是仍舊雜亂的房間。

若說是冒險者的房間，倒也不算太離譜。

但要當成年輕女子──而且還是森人的房間，想必沒有人會相信。

裝備隨意丟置，脫了就扔的衣服散了一地，放任空餐具堆積。

冒險娛樂小說或戲曲之類的書本維持翻開的狀態伏在桌上，隨處都可以瞥見一些節慶在賣的玩具。

說是小孩子的寢室，或許還比較能說服人。

明明不怎麼大的空間內，如何能夠塞進這麼多東西？

這是以森人的睿智仍解不開的偉大奧祕。

「呼姆——」

妖精弓手以一副嚴肅的模樣雙手抱胸睥睨房內，搖動長耳朵，煞有其事地點了點頭。

「是不是該去洗一下衣服比較好？」

§

從水井汲水放滿木盆後，將削下的肥皂與衣服塞進去，再把光腳丫踏進去。

「嗚嗚，地下水果然好冰。」

妖精弓手的身體與一雙長耳朵打了個冷顫，開始用力踩踏自己的衣服。

這在故鄉的森林是無法想像的。

只要泡在水裡，拜託水精靈（Undine）就能解決。

家事也只需交給棕衣精靈（Brownie）就好，讓她覺得人類社會真是不便。

但姑且不說這些，她倒是很喜歡像這樣玩水似的踏在溼衣服上。

公會後門，供水區，又或者是洗衣場。

上午溫暖的陽光暖洋洋地灑落，遠方傳來孩童奔跑的聲音，以及太太們的閒話家常。

大概是開始準備午餐了，酒館廚房傳來很香的氣味。

妖精弓手很喜歡這個時間。

總覺得和平常的這個鎮——和早上、夜晚或出發去冒險的日子，有著不一樣的氣味。

她不明白這是什麼氣味，也說不定只是自己的錯覺。

雖然她的好奇心旺盛，已經是自認且公認的事實，但也有些東西大可不必去弄個清楚。

「呼啊……」

又一個大大的呵欠。這種日子不管睡多久都不夠。

畢竟森人要多少時間都有，多少浪費點也不成問題。

——不過，這樣很可惜耶。

令人好奇的事物，顯得有趣的事物，都是只要稍稍移開目光，就會馬上不見。

妖精弓手揉著眼角，不斷踩踏要洗的衣服，這時大大伸了個懶腰，從木盆走下來。

然後用力扭了扭踏了好一陣子的衣服，唰一聲往左右攤開。

「他們還真是會去想很多有意思的事情呢。」

肥皂清柔的香氣。透過沾溼的衣服感受到的風。還有陽光等等。

妖精弓手享受著這一切的一切，把衣服掛在洗衣場拉起的繩子上。

之前只是隨便掛一掛，結果弄得衣服皺巴巴的。這苦澀的回憶，讓她懂得要盡量把衣物攤開。

還有，要是被風吹到地上，就會很懊惱，所以要用洗衣夾牢牢夾住。

「這樣就、晾完啦！」

直到最後一件妖精弓手都細心掛好，然後心滿意足地搖了搖長耳朵。

她擦擦根本沒冒汗的額頭，手扠著腰，朝洗好的衣服看了幾眼。

剛洗完的衣物在風中拍動，就像在搶下的堡壘上空飄揚的軍旗。

「洗衣服嗎？您好勤快喔。」

所以聽到背後有人說話，妖精弓手也只是哼哼兩聲，自豪地轉過身去。有森人的耳朵，不用回頭也知道接近的是誰。

但有時仍然會驚訝得連連眨眼。無論何事都可能出乎意料之外。

「是櫃檯小姐啊，午安。怎麼啦？」

「……我今天休假，所以到處晃晃。」

櫃檯小姐穿的是便服。

因為見慣了她穿制服的模樣，看到時不免驚訝，但她當然也有便服。這點不用想也知道。

那是夏季的薄洋裝。沒有袖子，從肩頭一路到修剪得整整齊齊的指甲，形成了優美的線條。

寬鬆的設計看起來就很通風而輕便。

想必是平日的努力所賜，微微透出的身形可說十分理想。

「有點像是風精靈（sylph）呢。隱約。」

櫃檯小姐略顯開心地緬靦起來。

「好像是都城那邊流行的款式，所以就忍不住買下來了。」

原來如此。妖精弓手點點頭，相信這身打扮的確很適合到處晃晃。

凡人(Hume)的流行快得令人目不暇給，要趕上實在有困難……

——真不知道為什麼，他們能在一年之內想出那麼多五花八門的點子。

人類社會真的是讓人百看不膩。

「可是，妳怎麼會來公會？」

不是在放假嗎？聽妖精弓手問出這個單純的疑問，櫃檯小姐突然撇開目光。她的視線在亂飄。

「……我是想以防萬一，來公會確認一下冒險者歸還的情形。」

「哼～？」妖精弓手也不怎麼細想，笑咪咪地說：「真熱心耶！」

「沒有，還好啦。」櫃檯小姐含糊地回答。「那麼，衣服洗得怎麼樣了？」

「嗯，妳也看到了。」

妖精弓手被問起，挺起單薄的胸部，自豪地展示自己的成果。

並未採取什麼特別的手法，就只是用踏的。

雖然這也算不上多值得自豪的事，但櫃檯小姐莞爾地瞇起了眼睛。

「您似乎習慣多了？」

「也是啦。就算是我，這點小事至少還難不倒。」

「哎呀……內衣褲呢？」

「？」

櫃檯小姐咦了一聲，搖動辮子歪了歪頭，妖精弓手十分乾脆地回答：

「沒有啊？」

「啊啊，您已經在洗第二次啦？」

「不是。」

妖精弓手連連搖頭。真是的，為什麼她就是聽不懂呢？

「我沒有那些。」

「……我記得上次大家不是一起挑選過嗎？」

「我埋掉了。」

「……」

櫃檯小姐按住眉心，低頭不語。

妖精弓手正覺得狐疑。

待對方抬起頭後……

「我們去買吧。對，就這麼辦。」

她的臉上已經露出了像是硬貼上去的笑容。

「咦？可是，坦白說我覺得有點麻煩……」

「我們走吧？」

區區的冒險者，終究不可能違逆公會的官員。

§

「嗚……那個，真的不穿不行嗎？」

「不行！」

妖精弓手從試衣間探出頭來，櫃檯小姐的食指指向她臉上。

櫃檯小姐拎著妖精弓手來到的，是鎮上某間雜貨店。

雖說位處邊境的開拓區之一，裁縫店之類當然還是有的。

「不過話說回來，有在賣都城流行品的，反而是雜貨店呢。」

縱使種類不如水之都，但就商品的買賣情形而言是這邊比較活絡。

櫃檯小姐說著挺起形狀優美的胸部，但妖精搞不太懂。

除了凡人以外，又有誰能掌握這種快得令人目不暇給的服裝流行趨勢？

「何況啊，」櫃檯小姐搖了搖手指。「冒險者的儀容也是很重要的喔。」

「是嗎？」

「要是不請高等級的冒險者維持符合自己身分的服裝打扮，冒險者的格調會降低的。」

真要說起來，冒險者這個字眼表面好聽，實際上卻是武裝過的遊民。

雖說國家為了管理這些遊民而設立公會，世人看待他們的眼光卻相當嚴苛。

即便不需要打扮得多時髦，穿著得體很重要。

……這樣的主張，妖精弓手也不是不懂。懂歸懂，但……

「既然這樣，」她不服氣地搖動長耳朵。「這話妳也去跟他說啊。」

「您覺得他會聽嗎？」

「……不覺得。」

櫃檯小姐笑咪咪地反將一軍，妖精弓手鬧彆扭地縮回試衣間。

她拿起的是一件很薄、沒有衣袖、只遮到肚臍上面的貼身內衣。

「所以囉，至少我還有點指望您。」

「指望？」

「雖然森人肌膚本來就好，應該不需要額外打理吧。」

「我是不這麼覺得啦……」

妖精弓手唔唔幾聲，豁出去似的把往內衣往上身套。

單薄的胸口傳來衣物緊緊貼住皮膚的感覺，讓她實在無法習慣。

「我也答應過要幫那孩子選內衣褲。」

櫃檯小姐似乎微微露出了營業笑容底下的一面。

「大家可都是女孩子唷？當然各位身為冒險者，多半會覺得裝備比打扮更重要。」

只不過，是女孩子唷？妖精弓手的長耳朵並未漏聽她的這句喃喃自語。

她的聲調中，並無糾正或責怪的意思。

這是否表示，她認為自己的立場沒有資格過問呢？

妖精弓手不明白。

不明白歸不明白，還是聽得出她的關心。

——她一定是個好人吧。

「可是啊。」

——這是兩碼子事。雖然應該具備吸汗之類的種種效果，但……

她用指尖先拎起來再說的，是件倒三角形、和內衣一樣薄到不行的內褲。上下兩件的顏色是一組的。

——我實在不覺得這玩意有那麼大的功用。

妖精弓手把用手指拎起的內褲左右攤開，一邊細細打量，一邊開口：

「穿這種東西要做什麼？」

「做什麼是指？」

「畢竟，這又不是用來給別人看的東西。有要穿給誰看嗎？」

這話一出口，就能感覺到櫃檯小姐在試衣間門簾另一端定住。

「嗯？」妖精弓手訝異地歪了歪頭。怪了，難不成自己又問了什麼不該問的話？

「是、是為了給別人看的時候，預做準備。」

因為內衣褲對女孩子而言，是最後的王牌。櫃檯小姐仍然以一如往常的柔和態度應對。

「這樣喔？」妖精弓手也不放在心上，隨口回應，便聽到她斷然補上一句：「就是這樣」。

——唔……

然而無論她怎麼想，都不覺得這小小一片布有如此可靠。

櫃檯小姐似乎察覺到了妖精弓手的煩惱，喃喃說了聲：「真沒辦法。」

「總之，的確是也不必硬要在今天買，但還請您務必記住囉。」

「嗯～我會的。」

妖精弓手毫不惋惜地，將穿在身上的內衣脫了就往旁邊一扔。

然後拿起自己散落一地的衣服，匆匆忙忙地把身體塞進去。

試衣間外，傳來櫃檯小姐看見飛出來的內衣褲而哇哇幾聲驚呼。

「在這玩意上面再穿衣服，活動起來就會覺得鼓鼓的，感覺很彆扭嘛。」

妖精弓手飛快換上原來的衣服，衝出試衣間，馬上和櫃檯小姐對看了一眼。

見對方已撿起自己丟出來的內衣褲，她不以為意地露出貓似的笑容：

「別說這些了，我想做些開心的事情。吶，要不要找個什麼來玩？」

§

「桌上演習？」

「是。雖然是前陣子找到的。」

接著來到午後的公會酒館。

妖精弓手一邊對獸人女服務生打了個簡單的招呼，一邊取下放在圓桌上的椅子。

櫃檯小姐拿出來的，是個鋪有紅金色布絨的扁平長方形盒子。

打開窗戶，一口氣吹掉盒蓋上的灰塵後，就能看到兩條蛇相互交纏的圖畫。

「移動冒險者棋子，擲骰子，學習冒險者式的行動……差不多就是這樣。」

「也就是說……是在扮演冒險者囉？」

「說來的確是如此。」

掀開盒蓋一看，裡頭整整齊齊地收著幾本老舊的羊皮紙書、幾顆旗子與骰子。

妖精弓手拿起其中一顆棋子，仔細端詳。

站在圓形臺座上的，是個穿著藍色板金鎧的騎士。棋子多半是用金屬做的，很有分量。

Ω旗幟隨風飄揚，手中的鋼劍高高舉起，為了討伐混沌而咆哮——是聖騎士(Paladin)吧？

「做得還挺精巧的說。」

「還有很多種狀況(腳本)設定喔。真的是從世界的危機，到剿滅哥布林都有。」

聽到剿滅哥布林，妖精弓手嘻嘻一笑，心情大好地搖動長耳朵。

「要是讓歐爾克博格來玩，可以想見會搞得很過分……欸，可以問妳嗎？」

「請說？」

「這個，有什麼意義嗎？」

妖精弓手看到櫃檯小姐被她丟出的問題問得連連眨眼，趕緊搖手：

「啊，我沒別的意思。就只是問問看，沒別的。」

「這樣啊，原來如此……我想想喔。」

櫃檯小姐嗯——地思索起來，明明身上穿著便服洋裝，卻以和平常沒有兩樣的態度回應。

「例如，讓人在實際前往冒險之前，先對各自的行動與肩負的職責，有一定的認識，之類的。」

服裝與態度很不搭調，讓妖精弓手嘻嘻一笑，櫃檯小姐搔了搔臉頰。

「可是我從沒玩過這個喔？」

「因為很費工夫、時間，又需要人手，往往很難湊齊條件。還有就是不識字的人很多。」

「哼嗯～？」

也就是說雖然東西做好，卻幾乎沒用過。

這也不難懂。妖精弓手想到這，把騎士輕輕收回盒子裡。

「但是，只玩這個可不會進步，一定不會。」

「說得也是。要說和現實完全不一樣的確沒錯——」

櫃檯小姐說著，也伸手到盒子裡，抓起了一顆旗子。

那是個身穿皮甲，舉著短劍，面孔精悍的輕戰士。說不定是斥候。

「可是啊……還是很棒，不是嗎？」

她用指尖輕輕摸著棋子的臉，露出有些靦覥的微笑。

「能夠迎接拯救了世界的冒險者，對他們說聲『辛苦了！』」

說不上什麼嚮往或夢想就是了。她似乎在掩飾害羞，以小小的聲音這麼說。

——原來如此。

森人少女緩緩搖動長耳朵笑了。她也並非完全不懂，雖然她是站在讓人迎接的立場。

「欸，教我怎麼玩吧。」

妖精弓手說著，抓起了先前扔出的聖騎士棋子。

——嗯，表情很不錯嘛？

「看著吧，拯救一兩個世界可難不倒我！」

在那之後，妖精弓手別說是不死的魔神，連魔宮般的墳墓都沒能抵達，就壯志未酬地遭到淘汰。光是找出瘴氣竄升的迷宮入口，也非半吊子的英雄所能達成。

即使是在盤上，拯救世界仍是極為艱鉅的任務。

§

「啊啊，真是的，好懊惱啊。」

迎來傍晚時分的酒館熱鬧非凡，沒有人會去聽妖精弓手的呼喊。

冒險就是會成功也會失敗。有時候不去關心，反而可說是最好的關心。

「那個絕～對有問題啊。為什麼會整天有龍在天上飛來飛去？」

「狀況設定就是這樣，沒辦法嘛。」

妖精弓手趴著拍打圓桌，櫃檯小姐對她露出為難的微笑。

到頭來，世界還是又多滅亡了幾次。

雖然之後還把監督官、來到酒館的女神官與牧牛妹都拉了進來，但世界的和平仍在遙遠的彼岸。

「光是說沒辦法，我實在無法接受。」

兩千歲的森人，像個孩子似的噘起了嘴脣。

「是嗎？」

「嗯，我覺得本來應該有更多事情是辦得到的。」

當然會這樣覺得。妖精弓手揮動裝著葡萄酒的杯子，大聲疾呼。

櫃檯小姐把菜從灑在桌上的酒液前推遠，語帶保留地點點頭：「說得也是。」

「畢竟激發各式各樣的想法，正是桌上演習的主旨。」

即使無法否認那種狀況設定的確有幾分苛刻。

妖精弓手聽到這句話，把頭放在桌上滾了滾，由下往上瞪著她。

「……話說回來，這樣不是很可惜嗎？」

「可惜？」

「應該說奢侈吧。你們的壽命，不是還不到一百年？」

雖然偶爾會有人當上死靈術師，那又另當別論。

妖精弓手抖動長耳朵，用筆直豎起的食指，在空中畫了個圓。

「把這少許的壽命用在擔心未來，豈止浪費可以形容。」

「您是說，只要放眼當下就好了？」

櫃檯小姐一歪頭，帶得辮子往旁輕輕甩下，妖精弓手就笑著回答：「對」。

「為今天發生的事而歡笑、哭泣、生氣、吵鬧，這不是命定者的特權嗎？」

她的意思是，一、兩百年後的未來，更應該由我們(Elf)來擔心。

「是這樣……嗎？」

「上森人(High Elf)都這麼說了，錯不了！」

妖精弓手哼哼兩聲，自信滿滿地挺起單薄的胸部。

森人給人的印象，就是在凡人眼前會更加讓自己顯得深謀遠慮、尊貴高尚，而她與這種形象之間有著很大的落差。

甚至讓人覺得，她才是全力以赴地面對每一天，面對眼前的事。

櫃檯小姐忍不住輕笑幾聲，並非強貼上去的笑容，而是自然流露出的微笑。

見她這樣，妖精弓手又得意地像貓一般，瞇起眼睛笑了笑。

「好吧，難得聚在一起……不好意思！」

「來了～！」

櫃檯小姐不改臉上的笑容，叫來獸人女服務生，點了一瓶新的葡萄酒。

即使不打算只活在當下，但機會難得，何不喝點好酒呢？

櫃檯小姐拉開軟木塞，品味撲鼻的香氣，在她與自己的杯子裡倒了滿滿的葡萄酒。

「……那，敬今天的冒險失敗。」

「敬這過一百年也不會忘記的冒險失敗。」

乾杯。兩人的酒杯奏出輕快的聲響。

© Noboru Kannatuki

第9章 『他們三人幾個月前的故事』

Goblin Slayer
He does not let anyone roll the dice.

儘管都叫作酒館，種類卻五花八門。
冒險者公會附設的酒館並不能代表一切。
只要上街閒晃，就會不時瞥見幾家掛起招牌，點亮了燈的酒館。
畢竟酒館兼營旅館乃是常態，相信也有冒險者偶爾會想換換地方。
一種讓人能夠以輕鬆心情踏進去，隨興喝酒吃飯，然後又晃回街上的店。
有吟遊詩人彈唱著「冒險冒險冒冒險」的這麼一間酒館，就是這樣的店。

說起邂逅與別離
雖然都會裝模作樣地說　重要的是內在
但就是因為沒有看上眼的女孩　才會一直進進出出
好不容易找到的那個可人兒

生來就是忍者或君主

名字根本不重要　芳名是「阿」我也會珍惜

正想說些甜言蜜語　就以平常的步調走出店門

察覺不對時已經太遲　她就這麼失去蹤跡

說起邂逅與別離

邂逅之後馬上別離　就沒戲唱了呀……

「真夠累人的。我們團隊也總算慢慢穩定下來啦。是不是？長鱗片的。」

「哈哈哈哈。但若能講些奢侈的要求，還少了戰士和斥候啊。」

麻雀雖小五臟俱全的酒館內側座位上，兩名冒險者這麼說完，笑得十分暢快。

礦人捻著白鬍鬚，拍打肥胖的肚皮，正對著一桌酒菜大快朵頤。

相較之下，蜥蜴人則讓滿布鱗片的高大身軀坐在酒桶上，用手抓起飯菜嚼食。

兩人把端上來的酒當水似的大口喝著，模樣已不僅是豪邁，更顯一番趣味。

「不過我們有戰士、獵兵、神官戰士、神官、魔法師。想來應該是相當好的組合了。」

「所言甚是。」

蜥蜴僧侶用雙手捧起一大塊豬腿肉啃咬，礦人道士舔掉嘴邊鬍鬚末端的酒液。

他毫無節制地把酒從酒瓶倒進杯中，直接用嘴啜飲滿出來的部分。

接著一口氣喝乾，邋遢地打了個嗝。

「前鋒不夠，後衛不夠，裝備、道具跟人脈不夠等等，真要挑剔起來根本沒完沒了。」

「然也，然也。」蜥蜴僧侶用尾巴拍打地板。

「施法者有三名，這樣的團隊可說是得天獨厚了。」

「可是，還真有些意外。」

「何出此言？」

「就是老兄你啊。」

將空了的酒杯伸向蜥蜴僧侶，礦人道士面紅耳赤地說了。

「還以為你大概會討厭和其他神官組隊……一開始我是這麼想。」

「哈哈哈哈哈，術師兄這等胸襟的人開口，貧僧還擔心會是什麼大問題呢。」

蜥蜴僧侶輕快地大笑，喀啦作響地咬碎已經吃乾淨的豬腿骨，猙獰地露出利齒。

「既然同是源自海中塵芥之活物，區區老鼠後裔自稱為靈長，倒也無須為此動怒。」

礦人道士似乎酒醒了，露出厭煩的表情，蜥蜴僧侶得意地對他轉了轉眼睛。

「說笑，說笑。」

「很難笑，很難笑。」

礦人道士朝臉不紅氣不喘的蜥蜴僧侶搖了搖手。

「也罷，正所謂信仰由人。要是拜的神靈不同就找碴，碴想必也分身乏術。」

「然而異端與混沌則另當別論……是嗎？」

「那就不只要找碴，還得趕盡殺絕為止了。」

蜥蜴僧侶正經八百地點了點頭，就不知這話有幾成認真。

礦人道士推開空了的盤子，逮住女服務生，隨便點了些肉之後，手拄著臉頰說：

「說到這個，聽說蜥蜴人全是左撇子，還有心臟長在右邊，是真的嗎？」

「心臟雖無法斷言，但嚴格說來，應該是雙手同樣靈活吧。」

據傳天神以左手創造出蜥蜴人，所以蜥蜴人都是左撇子，看來似乎是無稽之談。

蜥蜴僧侶凶猛地張開雙手利爪，忽然想起什麼似的，用舌頭舔了舔鼻尖。

「倒是，貧僧聽聞礦人會浮在水上？」

「只要有酒喝，也不至於辦不到。還要有好吃的東西就是了。」

礦人道士說出了和幾個月前一樣的臺詞，露出滿面笑容。

§

「這個嘛，只要有酒喝，也不至於辦不到。還要有好吃的東西就是了。」

和眾多冒險者一樣，他們的團隊也是從酒館起步。

話雖如此，起初也只有三個人，若再追溯到更早，不過是一人隊伍。

從水道上吹過的風，自門口灌進來，使空氣冷卻得十分涼爽。

傍晚時分，水之都的酒館已經熱鬧起來，到處都發出乾杯的吆喝聲。

「不過阿叔啊，就算是拜託姪兒，也未免太那個了吧？」

礦人道士鬧著脾氣這麼說，一臉不悅地雙手抱胸向後仰。

對面坐著一名布滿更多皺紋、鬍鬚與肌肉的礦人，皺起眉頭喝著麥酒。

他的椅子上除了使用多年的戰鎚外，還立著一把長鉤。是「碎盾手」。

身經百戰(老手)的礦人會在酒席上皺起眉頭，在在述說著事態有多嚴重。

「話是這麼說沒錯——喂，如今我能找的同胞，也就只有你啊。」

「就算是阿叔拜託，這件事實在沒辦法。」

礦人道士喝了一大口麥酒，半翻白眼瞪了叔叔一眼。

叔叔臉上的皺紋比以前更多，頭也禿了。他心想叔叔還真是老了。

畢竟族裡的年輕小夥子不僅踏上魔導這條路，還當自己是遊民，也難怪他會操心。

——可是啊，只有這件事沒得商量。

「要我和森人(Elf)一起冒險？我看這森人，大概是族長或王眼前的紅人吧？」

「算是，吧。」

「不就是那種個子高，輪廓深，鼻子仰得高高的，閃閃發亮，英俊又秀氣的傢伙？」

「大概會是這樣吧。」

「講話優雅又高尚，吟詩作對堪稱一流，弓箭的本事更是天下一絕之類的？」

「雖然我沒見過……」

「嘎啊——」

不成不成不成。礦人道士連連搖動粗獷的大手。開什麼玩笑。

「跟那樣的傢伙在一起，我遲早會窒息而死。」

「你啊，別這麼任性……」

「不就是世界的危機嗎？我當然也不吝於去拯救一下，但扯到森人就抱歉了。」

結果就在這個時候。

一只灑著葡萄酒在半空中旋轉的杯子，砸在了叔叔的後腦勺上。

「妳給我差不多一點！再說一次看看啊！」

忍不住按住頭趴到桌上的叔叔背後，傳來一道堅毅而清新的嗓音，迴盪在酒館內。

一眼看去，只見一名森人少女眼角揚起，手扠著腰，威風八面地站在那兒。

她秀氣嬌小而線條內斂的身軀上，穿著貼身的獵人裝束，一雙長耳朵氣勢十足地甩動。

單從語氣實在令人難以想像……但那比其他森人要長的耳朵，證明了她是上古妖精的後裔。

礦人道士本以為有人找碴，已經抓起了手斧，高高興興地擺出要打就來打的態勢，然而……

「要我說幾次都行！」

嚷著這句話起身的，是個有著一張狗臉的獸人。

由於皮膚被毛覆蓋所以很不明顯，但從胸部豐滿鼓起這點，看得出是女性。

再以那粗野仍不失尖銳的嗓音判斷……年紀大概，只相當於凡人(Hume)剛成年的程度？

多半不會是冒險者。

然而身材不但經過鍛鍊，動作也沒有多餘之處，證明了她受過正規訓練。

想來應該是士兵。

她擦掉被當頭潑到的葡萄酒，哼了一聲。

「我說森人這種東西，就是一群平常縮在森林裡踟模踟樣，事後才冒出來挑剔別人的傢伙！」

「那麼我就讓妳知道，妳大錯特錯！」

妖精弓手像貓一樣發出嚇的一聲，撲向了狗臉士兵。

圓桌碰出刺耳的聲響翻倒，酒杯飛起，菜盤打翻。

聚集在酒館的醉漢們熟練地避難，吆喝著開起賭盤。

熱烈討論森人會贏啦，獸人會贏啦，可是森人太瘦啦，可是獸人太笨啦……

「……這婆娘也太悍了吧……」

喔喔痛死了。看見叔叔按住後腦勺呻吟，礦人道士聳了聳肩膀。

「以森人而言很罕見。」

「……如果是那樣的丫頭當你同伴，你就沒話說了？」

「或許吧。雖然我怎麼想都不覺得，森人高層會挑上那種叛逆的傢伙……」

礦人道士這麼說完，手伸向盤子。

雖然被葡萄酒灑到，但他仍抓起一把乾豆，發出清脆的聲響嚼碎。

這話可是你說的——叔叔在他身旁深深嘆了口氣。

「就是她。」

「啥？」

「你自個兒看看人相畫。」

叔叔從懷裡抽出一張對折的紙，扔了過去。

礦人道士用粗壯的手指靈活地攤開紙張，舉向亂鬥場面中的當事人進行比對。

「唉……真的就是那個鐵砧女？」

既然是那些趾高氣昂的森人特地派來，相信本領沒有懷疑的餘地。

森人看不起礦人，更格外厭惡被礦人看不起。

——只是那丫頭根本乳臭未乾啊……

她與狗臉大聲叫嚷對罵，互相抓住彼此的頭髮與毛皮。

雖說這世上再也沒有什麼事比推測森人的年齡更無意義，但想來她應該還活不到一百歲吧。

「……不過。」

哎，讓個十步一百步，假設她就是要一起旅行的森人同伴好了。

「要從那種亂鬥中把人拉出來，可還真有點費事……」

礦人道士正捻著白鬍鬚、思索該如何是好時，目光忽然停在酒館入口。

那兒有個魁梧的人影。

非常高大。高大得讓人以為是一塊岩石。遲緩的動作很大，昂起的下顎也很大。

記得是哪個地方來著了？對了，叢林遍布的南方服飾。

這名蜥蜴人瞥了一眼喧鬧不休的打鬥現場，轉了轉眼珠子。

他就這麼踩著遲緩的腳步踏進酒館，對周遭的視線完全不當一回事，走向櫃檯。

他之所以無意坐在椅子上，就不知是因為身軀龐大，還是因為長著一條掃過地上的尾巴？

「不好意思，貧僧想在這裡等人。由於不清楚對方何時抵達，恐怕會待上許久。」

他的聲音也像岩石一樣，紮實而宏亮。

真虧他用那收在巨大下顎中的長舌頭，有辦法這麼靈活地將音節組織成共通語。

見酒館老闆生硬地點頭回答完「嗯、嗯」後，蜥蜴人回了句「感激不盡」並頷首。

「若有狀似礦人與森人同行的冒險者，可否煩請見告？」

礦人道士聽到這句話，朝叔叔瞥了一眼，對方才心不甘情不願地回答：

「我聽說蜥蜴人那邊也會出些戰力。」

從這口氣聽來，連說話的當事人也半信半疑。

「怎麼？阿叔你沒見過對方嗎？」

「蜥蜴人的人相畫，就算拿了也分辨不出誰是誰啊。」

「這倒是。」

蜥蜴人自稱是從海中爬上陸地的可怕巨龍後裔，乃四方世界最驍勇擅戰的種族之一。

他們會殺死、撕裂對手，挖出對方的心臟來吃，化為自己的血肉。

有人蔑稱他們為蠻族，還聽說事實上的確有部分蜥蜴人部落投靠了混沌勢力。

然而參與這次行動的蜥蜴人，照理應該是屬於秩序這方。

不過，以蜥蜴人而言……

「啊啊，此外，不好意思。貧僧要用餐。」

蜥蜴僧侶似乎是因為尾巴礙事不方便坐下，只見他站在櫃檯前，豎起長了鱗片的手指。

但他轉了轉眼珠子、張開大嘴說出的話，卻顯得如此悠哉自在。

「不巧貧僧沒有盤纏，所以想做工償還，看是要洗盤子或劈柴都行。敢問是否方便？」

礦人道士忍不住笑了。

他喝了口酒，拍打大鼓似的肚子，發出低沉宏亮的聲音哈哈大笑。

一笑再笑，笑到蜥蜴人僧侶用怪物似的動作轉動長脖子，接著又喝了一口酒。

「喲，長鱗片的。」

他這麼向蜥蜴僧侶搭話。之後還噁噗一聲打了個嗝，抬手擦掉鬍子上沾到的酒液。

「麻煩你去把那個在打架的長耳丫頭拎到這邊來。」

礦人道士若無其事地笑著，越過並未注意到他的獸人，指向揮出巴掌的森人。

手才剛指過去，她就被對手用力抓住頭髮，兩人的位置不斷翻轉。

動手動腳還動指甲。

森人該有的威嚴蕩然無存，就只是一場小孩子打架。

「這樣的話我就請客，讓你吃飽喝足。」

蜥蜴僧侶的尾巴強而有力地拍打地板。老闆皺起眉頭。叔叔也皺起眉頭。

「明白，明白。哎呀，真是感恩。果然平時就應該多行善積德啊。」

蜥蜴僧侶說完立刻尾巴一收，以無法想像是他那種高大身軀會有的速度，衝進打鬥圈子裡。

礦人道士笑吟吟地看著酒館變得更加混沌，一旁的叔叔低聲呻吟。

他覺得胃頻頻絞痛。即使大口灌酒，也毫無緩和的跡象。

「……不好意思，我先回部隊去了。」

打從幾十年前就在礦人軍隊中擔任碎盾手的男人，好不容易才說出這句話。

隨手往桌上放了幾枚金幣，便搖搖晃晃地從凡人用的椅子跳下去。

他無從判斷，把種族的命運交給包括姪子在內的這麼一支團隊，究竟是否妥當。

——所謂諸神的安排，實在是喔……

碎盾手踩著虛浮的腳步離開酒館，頭上總覺得有骰子在滾動。

§

「……幹麼啦？」

頭髮亂糟糟，衣服皺巴巴，雙頰微微腫起，臉也賭氣地撇向一旁。

上森人（High Elf）開口說出的第一句話，讓礦人道士大感愉快地臉頰一緩。

「沒什麼，我是想談談工作的事。」

礦人道士一臉燦笑地用力揉搓他厚實的雙掌。

——既然至少還肯乖乖坐著，也就表示她有意聽下去。

或許打架在這間酒館也是家常便飯，氣氛已經鬆弛下來，四周恢復最初的喧囂。

被狠狠打倒的獸人，不滿地待在靠邊的座位上大口吃肉。

先前的打賭也以掃興的結果作收，觀眾的氣氛完全冷掉了。

「嗯。那麼，首先貧僧得先問個至關重要的問題。」

之所以這麼說，也是因為拿酒桶當椅子的蜥蜴人，方才猛然插手勸架。

他把森人與獸人拎起來的模樣確實壯觀，但以打賭而言，卻導致了一場無效比賽。

到頭來大撈一筆的只有莊家，該名圃人喜形於色地把酒分給眾人。

「什麼問題啊，長鱗片的？」

這名蜥蜴僧侶以極為嚴肅的動作點點頭，「唔」了一聲。

「飯錢不會從委託酬勞扣除，這樣理解是否妥當？」

「當然。」礦人道士在滿臉鬍鬚的臉上露出笑吟吟的笑容。「這餐的錢是我阿叔付。」

「感激不盡。」蜥蜴僧侶張開大嘴，一口咬上桌上的帶骨肉塊。

妖精弓手依然拄著臉，一臉厭煩地看著他吃肉的模樣。

「所以，你所謂的工作是？」她說道。

「雖然我好歹也簡單聽過來龍去脈。」

「對，就是這檔事。」

礦人道士點點頭，舉起桌上的酒杯一口喝乾。

然後用空了的杯子推開菜盤，騰出空間。

「都城那邊正在打一場跟什麼魔神王的大會戰，這妳應該知道吧？」

礦人道士並非要她回答。

他從懷裡掏出卷軸，在桌上攤開。

卷軸本身是以染料寫在樹皮上製成。

抽象但精確的筆致，是森人地圖的特徵。

荒野的正中央，畫著一棟古色古香的建築物。

「然後他們聚在一起商討軍務，結果得知背後有個小鬼的巢。」

「是說哥布林的巢穴嗎？」

「而且還是大規模的。」

就在這裡。看到他說完指出的一個點，妖精弓手連眨了好幾下眼睛。

畫在荒野正中央那筆古色古香的建築物標記——離此不遠處，有著一片巨大的森林。

「不就我家附近嗎！」

「唔。這麼說來，之所以挑上這麼一個陣容……」

「……是出於人家說的政治考量？」

「應該是吧。」

礦人道士點點頭，心想真是受夠這些鳥事了。人情與面子，每個都麻煩得要命。

「雖然阿叔也很會給我亂出難題，不過總不能瞞著凡人，只有我們出兵。」

「即使圃人和獸人不必遣人？」

聽到獸人兩個字，妖精弓手的耳朵立刻一動。

直到剛才都還在和她扭打的狗臉士兵，已經被趕來的上司帶走了。

從上司皺著眉頭在她腦袋上拍了一記來看，這種鬧事的情形是否已經是家常便飯？

也說不定狗人在天性上，就是無法違逆地位高的人？

不管怎麼說，水之都是座好城鎮，唯獨不知在哪方面稍嫌缺乏緊張感。

「也許是沒指望他們的作用會比義勇軍好吧。」

若以個體而言，圃人當中也有勇敢的人，但若牽扯到氏族或農莊，就又另當別論了。

基本上他們熱愛安寧的生活，對家鄉以外的事情並不關心。

獸人（Padfoot）則是種族非常多樣，實在無法一概而論。

即使事關魔神王復活，甚至整片大陸有言語者所展開的一場大戰，也不例外。

雖說到了緊要關頭，他們自然還是會挺身而出，團結一致……

「接下來的問題，就是非得收一個凡人當同伴不可了。」

「啊啊，那我知道一個好人選。」

妖精弓手從地圖上抬起頭來，豎起細長的食指劃起圓圈。

「他叫歐爾克博格。是在邊境專門剿滅小鬼的戰士。」

「什麼?妳說他叫嚙切丸？」

「對。雖然礦人想必不知道，這陣子他正因為吟遊詩人的歌而大受歡迎。」

雖然不清楚是不是真的很受歡迎，但她抓到機會想在三人之中占個上風，於是如此堅稱。

小鬼殺手犀利的致命一擊（Critical Hit），破空劃過小鬼王的頸部。

噢噢，看啊。那燃燒的刀刃，由真正的銀鍛造而成，絕不背叛其主。

小鬼王的野心終於潰敗，美麗的公主被救出，於勇者懷中倚伏。

然而，他正是小鬼殺手。

既誓言流浪，就不容他覓得歸宿。

公主伸出的手抓了個空，勇者頭也不回地邁步。

她哼著詩歌，得意地哼哼兩聲，挺起單薄的胸部。

「老是窩在洞窟底不出來，難怪不知道。所以才說受不了礦人。」

「這話該由窩在森林裡不出來的傢伙說嗎？」

她自豪地搖動長耳朵，礦人道士一臉狐疑地看著她。

——也許當作有一半是加油添醋比較好啊。

吟遊詩人的歌，十之八九都是如此。

「不過……也是啦，唔。」

這個森人長耳丫頭，職業是獵兵(Ranger)或斥候；這邊的蜥蜴人則是神官……多半是武僧一類的。

至於自己，魔法自不用提，對使用武器也頗有把握。

然而，戰士不夠。

雖然實際見過之前無法判斷，少說仍是個被寫成詩歌的戰士。

應該可以當作這人擁有相當程度的本事。

「……這樣也不錯啊。」

「那麼，酬勞均分，目標是將小鬼殺手兄邀進團隊裡。就朝這個方向進行，可以吧？」

蜥蜴僧侶的目光在整個團隊隊員身上掃過一輪。

礦人道士與妖精弓手點頭。

接著蜥蜴人補了句：「那麼就來計畫計畫」，用舌頭舔了舔鼻尖。

「首先得知道城鎮。」礦人道士閉起單眼瞪著地圖。「妳說他在哪個鎮上？」

「呃，我是問過詩人啦……」

妖精弓手白嫩的手指，在森人的地圖上撫過。

很快地移動到邊境之鎮後，用修整乾淨的指甲敲了敲地圖。

「這一帶？」

「距離不怎麼遠……但——」

話雖如此。湊過來盯著地圖的蜥蜴僧侶深謀遠慮，露出嚴肅的面容。

「既然我們為了摧毀敵人的作戰展開行動，也就當然得想定遇襲的情形。」

「啊？那……你是說我們在冒險途中也會受到襲擊？」

「為了避免該情況發生，還是當機立斷先把問題解決吧。不給對方時間補充戰力。」

「包在我身上。」

妖精弓手握緊拳頭，砰一聲用力敲在自己單薄的胸膛。

「事關世界的命運，這工作對冒險者再值得不過了！」

「喂喂。」礦人道士瞪大了雙眼。「這可不是玩耍，妳有沒有搞清楚啊？」

「那當然。礦人怎樣我不知道，森人可是一直用弓箭保護世界到今天喔？」

「呵！」

真敢講。礦人微微睜大眼睛，然後捻了捻白鬍子，呼了一口氣。

「這麼說來，妳這鐵砧似的胸部，是為了拉弓的時候不礙事，才會長成這樣囉？」

「鐵砧？」

「扁，又硬。」

「你……！」

這瞬間，妖精弓手血氣直衝白嫩的臉頰，一張臉又羞又怒地染得通紅。

她碰響椅子起身，手撐在圓桌上，上半身往前探。

「真沒禮貌！礦人還不是，這個、呃──」

妖精弓手探出上身，一張嘴開開閉閉。

長耳朵上下擺動，指尖在空中亂飄。

「對、對了，你這肚子！也不看看你肚子肥得像個鼓！」

「這叫壯。對礦人來說，這樣才好。」

礦人意有所指地頓了頓，斜眼朝妖精弓手送出視線。

「雖然我不知道森人怎麼想。」

妖精弓手自然不會沒發現，這道視線是看向自己胸部。

她雙手抱胸，故意發出「哼」的一聲，強調自己不高興。

「果然礦人的美感就是有問題呢！」

「但森人很愛買我們做的工藝品就是了。」

「怎樣啦！」

喧喧嚷嚷。

目睹從神代就延續至今的種族爭端，酒館裡的人們都將視線投往他們兩人。

況且酒客間的趨勢很快就變了。

吵架這種事情只是家常便飯。

這邊喊說我賭礦人五枚銀幣，我賭森人一枚金幣，好啊小姐，教訓教訓那個大叔。

蜥蜴僧侶深深嘆了口氣，搖搖頭，然後發出咻一聲尖銳的吐息。

爬蟲類盯上獵物的氣魄，讓兩名冒險者緊緊閉上嘴。蜥蜴僧侶這才點點頭。

「唔。」

這樣就好。

§

馬車融入夜色中，穿過了大門。

這年頭，除非是冒險者，否則還是與商隊之類的隊伍一起行動比較安全。

但他們三人並沒有這麼多時間等待，在各方面都被迫妥協。

一輛將載貨馬車略加改裝而成的——不是太好的馬車。馬匹也普普通通……應該是中等偏下吧。

執韁繩的是礦人道士與蜥蜴僧侶。

妖精弓手帶著弓箭，監視天空。

以礦人道士而言，他不太中意這樣的狀況。

無論馬匹、馬車，還是馭者，都希望盡可能調度到最好的人馬。

但無論是叔叔給的盤纏或時間，都是有限的。他們必須妥協。

「而且還只能慢慢走，這也真夠麻煩了。」

「畢竟沒有餘力在中途的驛站換馬吶。」

馭臺上，蜥蜴僧侶坐在隔壁，一邊小心翼翼地提防著四周，一邊回話。

「況且萬一催馬疾行而引來一些閒雜人等，也很傷腦筋，這樣反而快些。」

「閒雜人等？」

妖精弓手只把長耳朵靠向馭臺，微微歪頭納悶。

「即強盜土匪之流。」

「啊啊……」

聽到這回答，她秀氣臉蛋上的眉頭皺成了一團。那是聽到不想聽的事情時會有的表情。

礦人道士以眼角餘光，瞥見她這種露骨到毫不遮掩的情緒表達，發牢騷說真受不了。

「那座城市多虧有那位女中豪傑治理才能勉強安心，一來到曠野上就不一樣啦。」

「既遠離了至高神神殿，那些惡鬼會撲上來，或許也只是遲早的問題。」

「少了天神的加護是吧？不過鍛冶與鋼鐵之神，可就只會給人戰鬥的勇氣咧。」

礦人道士嘀咕著對天神的祈禱。

偉大的鋼鐵（Chrome）之神啊。

接著擺出一副無奈憤然的模樣聳聳肩，搖頭說道：

「我實在沒辦法不祈禱森人丫頭遇到危急關頭，不會嚇得軟腿啊。」

「唔……！」

森人的長耳朵，當然不會漏聽這段壞話。

「等著看吧！因為事後你就會跪地磕頭感謝我！」

「好好好，我就不抱指望地等下去了。」

他輕輕搖手，妖精弓手便鬧情緒似的哼了一聲，平躺下來。

礦人道士也仿效她，仰望天空一眼。

天上掛著星辰，以及兩個月亮。

就像灑在黑色天鵝絨上的寶石般閃閃發光。

綻放光芒的綠色月亮，宛如燃燒的眼睛，顯得如此凜冽。

或許是因為夏天漸漸近了，空氣有些潮溼，連呼吸都覺得悶。

「要是至少吹個風就好了。」

同感。雖然礦人道士並未出聲回答妖精弓手的喃喃自語。

事情就發生在他們這支團隊，將馬車駕到想必曾是村莊的廢墟時。

陰森的住家殘骸，被月光照出奇怪的影子，往大道上延伸。

一種在白天仍會讓人產生寂寥感、杳無人跡，任由草木恣意生長的朽壞村莊殘骸。

到了晚上，就算有食屍者(Ghoul)或幽靈(Ghost)出沒也不稀……

「嗚，唷？」

妖精弓手發出奇怪的聲音。

回頭看去，只見她鼻子嗅個不停。

「怎麼啦？是聞到什麼花香了嗎？啊？」

「真沒禮貌。才不是你說的那樣，是有種奇妙的氣味……」

她用手在鼻子前搧了搧，不改一臉狐疑，察看四周。

「也不知道該說臭，還是刺鼻……明明沒有風。」

「……是硫磺吧。」

「硫磺？這就是？」

「再說得清楚點，是混著硫磺的熱氣會有的氣味。」

他們三人不會不明白這意味著什麼。

三人剎那間默不作聲，吞了吞口水，神情緊張——妖精弓手仰天一看。

「上面！」

那是一種不像生物，而是用肉塊仿人形昆蟲做成、某種像是機器的東西。

有著鮮血一般的體表，尖得像是戴了帽子的頭。名為紅帽鬼（Redcap）。

是下級魔神（Lesser Demon）。數目是——兩隻。遇敵（Encount）了。

「來啦！」

礦人道士大叫，啪的一聲甩動韁繩，指揮馬匹快跑。

馬匹當然也感受到了不屬於這個世界的氣息，以害怕的姿態發出嘶聲。

緊接著，本來慢條斯理的車輪也猛力轉動，馬車開始往前衝刺。

「請再加快馬的速度……不對，韁繩交給貧僧，請準備施法！」

「來囉！」

礦人道士把韁繩扔給蜥蜴僧侶，往後滾到貨臺上。

當然他也不忘牢牢抓住肩帶，避免讓裝滿了觸媒的袋子甩出去。

「不能真的甩掉他們嗎？」

妖精弓手一邊把箭搭在弦上拉緊，一邊舔了舔嘴脣說道。

「姑且不提能否脫身。」

「因為這樣會洩漏情報。」

蜥蜴僧侶重重點頭，說得就像在聊今日的晚餐一般若無其事。

「希望能一舉鑿殺殆盡。」

而魔神方面似乎也是相同的打算。

其中一隻魔神發出呼嘯的風聲，朝馬車從天而降。

某人喊著被先制(Initialtive)了的瞬間，木屑紛紛飛舞。

惡魔從後方超越之際，朝馬車揮出了凶器般的鉤爪。

「哇，噗……！」

礦人道士一邊拍掉飛散到鬍子上的木屑，一邊大吼。

「要是馬車被弄壞，我會被大卸八塊的！」

「馬匹有貧僧保護，還請想點辦法……！」

他們還在爭論，下一波攻擊已經從天而降。

是摺疊起翅膀的俯衝。妖精弓手瞪著這背負月亮的一擊。

她的長耳朵頻頻顫動，判讀風向，拉緊的弓弦絞得咿呀作響。

「臭傢伙……！」

「AAARREMMEERRRR！？！？」

接著一聲這世上不應有的哀號響起——原來是妖精弓手看準機會射出了箭。

魔神的手被這一箭釘在馬車上，揮動鉤爪撕開貨臺木板掙扎。

「真是難看！」

惡魔所見的最後一幅光景，就是在眼前拉弓的妖精弓手身影，以及樹芽箭頭。

樹芽箭在一聲堪與第一流弦樂器媲美的音色中飛出，插進惡魔的眼窩，貫穿了腦幹。

不僅如此，脊髓受不了貼身射擊的衝擊而折斷，讓惡魔的頭往後一仰。

面對無力垂下、被馬車拖行在地面的屍骨，妖精弓手露出得意的笑容。

「先解決了一隻！」

「善哉！但這廝會變成壓艙石，還請把他弄開！」

「好～……等等，嗚呀!?」

千鈞一髮。就如這句話的字面意思，妖精弓手的幾根頭髮被鉤爪抓得飛上了天。

是俯衝下來的魔神試圖攫住她的脖子。

她手還抓在剛抽出的箭尾上，坐倒在地，全身發抖。

同時魔神的屍骨滑落，摔在地上彈跳，發出幾聲悶響。

「妳在害怕嗎？」

「才不是，我是生氣了！」

礦人道士毫不鬆懈地把手伸進觸媒包，妖精弓手駁回他的取笑，瞪向天空。

如今他們甩開了魔神的屍骨，速度的確變快了，然而——與有翅者相比仍差得太遠。

「我說礦人！」妖精弓手目視前方說道。「你能不能用法術把那傢伙打下來？」

「我想是不至於打不中，但……」

礦人道士瞇起一隻眼睛瞪向天空，看清楚敵我的距離與速差。

夜幕在星光與月光照耀下已顯無力，加上礦人的眼睛在黑暗中仍能視物。

「就算用法術打落地，馬上又會飛起來喔。」

「為什麼!?沒用的施法者！沒用的礦人！」妖精弓手嚷個不停，礦人道士厭煩地說「吵死了吵死了」，皺起眉頭。

「對方是用和我們不一樣的法則在活動，要解決他們，除了鐵與鋼以外不作他想。」

「物理是吧。說得好！」

握住轡繩的蜥蜴僧侶笑得一張大顎都歪了。那是種鯊魚般的笑容。

他似乎迅速盤算完畢，唔了一聲，大大點頭。

「術師兄，你說打是打得下來，沒錯吧？」

「那當然。」礦人道士點點頭。「只是無法一直維持。」

「那麼獵兵小姐，想請妳露一手花式射箭似的本領……」

「沒問題！」

妖精弓手不聽內容就答應，同時朝夜色射出了箭。

箭劃出森人特有的魔法般軌跡前進，但魔神輕巧地避開。

「啊啊，真是的！」妖精弓手啐了一聲，又拿出一枝箭，搭上弓弦。

「那麼。」蜥蜴僧侶一邊甩動韁繩讓馬車蛇行，一邊說道：

「可否請妳以綁上繩子的箭射中對方？」

「綁繩子的箭……？」

妖精弓手拿起被扔到貨臺上的麻繩，嘴脣抿成一字形，仰視敵人。

紅色惡魔仍持續拍動翅膀，似乎正伺機撲來。

「好，我就射！」

她毅然撂下這句話，開始迅速把繩子綁到箭上。

憑森人纖細而靈活的手指，即使在搖晃的馬車上也不會失誤。

妖精弓手一邊以耳目觀察敵人，手指動得像是由另一個人在控制，嘴角同時一鬆。

「你啊，簡直像是什麼將軍呢。」

「天大的誤會。」

蜥蜴僧侶緩緩搖動他長長的脖子。

「貧僧就像是箭羽，要決定方向倒還濟事……」

為了把話說完，他先用舌頭舔了舔鼻尖思索，然後「唔」一聲點點頭。

「畢竟所謂部隊，說穿了就是箭頭、箭身、箭羽、弓、射手缺一不可吶。」

啊啊。妖精弓手微微一笑。這個例子很好懂。

「那我大概就是箭頭吧？好啦礦人，施法可別失誤喔！」

「哼！愛說笑！」

礦人道士一邊反駁妖精弓手，一邊將敵人捕捉在視野內，忽然發現一件事。

天上浮現一道紅光。

而且還是在張開大嘴的魔神口中，燃燒著紅色的火舌——……

「火焰箭（Fire Bolt）要來啦！」

「小意思！」

蜥蜴僧侶由衷感到開心似的大喊，強行甩動轠繩。

馬匹或許出於錯亂與恐懼，發出刺耳嘶鳴，馬車大幅度改變方向，力道帶得車體幾乎都要散了。

緊接著，火焰箭插在本來幾秒鐘後馬車應該會駛過的位置，迸出點點火星。

蜥蜴僧侶凶猛的面孔，被火紅的火光微微照亮。

「哈哈哈哈哈，這下可熱鬧起來了。」

「長鱗片的，你是不是把這玩意錯當成戰車（Chariot）啦!?」

「沒的事。」

蜥蜴僧侶答得若無其事，礦人一邊回答「我看很難說吧」，一邊瞪向天空。

紅色惡魔自豪的「火焰箭」被避開，似乎又打算展開俯衝攻擊。

——可沒這麼簡單。

礦人道士面對不斷變大的敵人身影，吆喝一聲鼓舞自己。

「『妖精（Pixie）呀妖精（Pixie），不給糖，快搗蛋』！」

具有真實力量、能改變世界定律的話語迸發而出，法術之環牢牢捉住了惡魔。

無論如何拍動翅膀，都無法逃開重力的衡軛——本來應該是如此。

即使歸類於下級，魔神終究是魔神，是扭曲世界運行的道理而存在的怪物。

「ARREMERRRERRRRR！」

這隻看似已經墜地的魔神，強行拍動翅膀，扯斷魔力的鎖鍊，大聲咆哮。

非得報這一箭之仇不可。對那個礦人、蜥蜴人、還有森人。

上古森人的血與內臟的香氣，光是想像，就讓低俗的魔神欲望翻騰。

「納命來！」

但痛擊他這股欲望的，又是森人的一箭。

妖精弓手腳跨在馬車邊緣，探出上身，毫不留情地將樹芽箭射到魔神身上。

「AREEERM!?」

魔神痛得無法動彈，讓他晚了一步發現箭上連著繩索。

而只要有這麼一步的空檔，要讓馬車加速到將繩索拉撐，已經太足夠了。

「！？！？！？！？！？！？！？！？！？」

刺耳的哀號，令人聽了膽顫心驚的嘶吼，迴盪在月下的曠野上。

相信這名魔神作夢也沒想過，自己會被馬車綁著在地上拖行。

他拚命掙扎想飛起，但被馬車拖著走，只能狼狽地在地上不斷翻滾。

下級魔神仍試圖靠力氣扳回，腳上的爪子咬進地面，嘗試控制住姿勢。

只要能夠起身，再次升空也花不了多少時間。一旦被他逃回空中，就棘手了。

「接下來怎麼做!?」

妖精弓手一邊從箭筒抽出下一枝箭，一邊呼喊，蜥蜴僧侶便緩緩站起。

「當然，要解決他。」

蜥蜴僧侶說完雙手合掌，夾住做為觸媒的牙齒。

「『伶盜龍的鉤翼呀，撕裂、飛天，完成狩獵吧』。」

轉眼間在他掌中不斷膨脹，研磨鋒利的，是大把的「龍牙刀（Sharp Claw）」。

「馬呢!?」

妖精弓手忍不住回頭望去，卻看見已經有一隻「龍牙兵（Dragon Tooth Warrior）」牢牢握著韁繩。

「解決……喂、喂，長鱗片的，難不成你想撲上去……」

「言重了。」

礦人道士瞪大眼睛問起，蜥蜴僧侶像個深謀遠慮的高僧般搖了搖頭。

「但正是。」

下一瞬間，蜥蜴僧侶蹬得馬車咿呀作響，撲到了下級魔神身上。

「喔喔，可畏的龍啊，偉大的父祖啊！尚請明鑒！」

「AREEERMEER！？！？！？！？！？」

蜥蜴僧侶一腳踏住魔神試圖施放「火焰箭」的嘴與底下的喉嚨，將氣管踩扁，大聲咆哮。

「咿咿咿咿呀啊啊啊啊啊！」

接著輕而易舉地以龍牙刀砍下了魔神的首級。

落下的頭部滾落著消失在曠野中，被馬車拖行的屍骨噴出藍紫色的血糊。

蜥蜴僧侶站在宰殺的屍體上，身上濺滿敵人的血，卻仍若無其事，快活地昂起了下顎。

「哎呀呀，這可積了一筆好功德。」

從遠方開始升起的朝陽照耀下，他的龍首籠罩在一種難以言喻的氣氛之中。

§

「目睹那種情形，我們兩個就暗地裡互相發誓『以後可別違逆這傢伙』。」

「畢竟貧僧也有熱血沸騰的時候。」

蜥蜴僧侶答得若無其事，歡天喜地地用雙手舉起端上桌的大塊乳酪。

然後張開大嘴咬住，撕扯下來，尾巴在地上一拍大喊：「甘露！」

「不過再怎麼說，術師兄也知道，貧僧乃是溫血動物。」

「我聽不太懂你的玩笑。」

礦人道士一副覺得他沒藥救的模樣舉手投降，順便對女服務生加點了麥酒。

大口大口往那大鼓肚、桶子肚裡灌酒，乃是礦人與朋友對飲時的禮儀。

「所以咧，湊齊了嗎？」

「你是指？」

「就是箭啊。弓和箭。」

「啊啊。」

蜥蜴僧侶喉嚨咕嘟一聲，把嚼過的乳酪嚥下去，擦去了嘴角的殘渣。

「箭頭是獵兵小姐，連接的箭身是術師兄，箭羽是貧僧……」

「……弓是那個小丫頭，射手是嚙切丸——差不多就這樣？」

「然也，然也。」

礦人道士以眼角餘光看著點了點頭的蜥蜴僧侶，接過女服務生端來的麥酒杯。

他先把嘴湊上去啜了啜倒了滿滿一大杯的酒，然後一口氣喝掉。

「無論是多精良的名弓，老是空擊也會受損。」

「可是只瞄準小鬼，就不知道該當成好事還是壞事了。」

紅著臉的礦人道士噁噗一聲，呼出滿是酒臭味的氣息，用手背擦去了白鬍子上沾到的酒露。

「不管怎麼說。」

「唔，不管怎麼說。」

「是支好團隊（Party）啊。」

「又如何能挑剔？」

蜥蜴僧侶張開大大的雙顎發笑，礦人道士也用低沉的嗓音哈哈大笑。

兩人拿起再加點的杯子，用力碰在一起。

「敬好友。」

「敬好戰友。」

「敬好冒險。」

乾杯。

他們將三度舉起的杯中物一飲而盡。

說起邂逅與別離

多半也有些傢伙　成了灰燼消失

想著遲早會遇見　一直進進出出

翻動早已刪除的書頁

無論如何鍛鍊　始終是萬年戰士

連名字也遺忘的他　究竟何許人也

察覺不對時已經太遲　他就這麼失去蹤跡

說起邂逅與別離

邂逅與別離　都只有一次

冒險者的夜晚，就這麼愈來愈深。

第10章
『有去有回的故事』
Goblin Slayer
He does not let anyone roll the dice.

當共乘馬車停在驛站時，早已被暮色趕過。

即將西沉的太陽投出最後的紅光，將與黑暗交融的世界抹成紫色。

伸得長長的影子，同樣與大大扭曲的市街影子摻雜，形成一種劇畫風格似的、不可思議的身姿。

哥布林殺手聽見遠方有小孩子急忙踏上歸途的喊聲，輕輕舒展僵硬的身體。

馬車這種交通工具，明明只是坐著，卻莫名地會讓肌肉緊繃。

意識非常清晰，然而身體卻很沉重。腦袋黏稠渾濁，腳下輕飄飄的。

——是時候了啊。

他閉上眼睛幾秒鐘，忍受著眼皮底下的悶痛，很乾脆地做出這個決定。

記得以前聽人說過，凡人（Hume）頂多只能夠連續戰鬥二十天左右。

要是不好好休息，難保各種能力不會低落。

哥布林殺手並未樂觀得會認為這樣無妨。

他大剌剌地筆直走向離大門很近的一棟高聳建築物——公會。

回報，領酬勞、調度裝備、休息，然後又動身前去剿滅哥布林。

是與往常沒有任何差異的例行作業。無從出現差異。

正當他要走向公會大門的時候。

「唔唔喔!?」

「哎……呀？」

門從另一頭被人推開，近得差點撞在一起的地方，站著一對男女。

正要走出公會的男子，從有著紅黑色髒汙的鐵盔前跳開幾步。

相對的，女子則擺動肉感豐滿的肢體，拿著手杖，嘴脣形成優雅的弧線。

「我說你啊。」長槍手以厭煩至極的表情開口了。「少戴著這頂頭盔晃來晃去。」

「嚇到了嗎。」

「我才沒被嚇到。」

「看起來……像是，活……鎧甲……吧？」

魔女嘻嘻一笑，讓本來就顯得不滿的長槍手更加鬧起彆扭，啐了一聲。

哥布林殺手轉動鐵盔，若無其事地將兩人的模樣收進眼底。

長槍手頂著愛槍與盔甲武裝，把背包掛在槍尖上扛著。

魔女則身穿一如往常的裝束，手持一如往常的手杖，繫著收納卷軸用的筒帶。

他們兩人要去哪裡，已經十分明白。

「冒險嗎。」

「是呀。」魔女微微瞇起眉毛很長的眼睛。「是……冒險（約會）。」

「你還是老樣子剿滅哥布林？」

「對。」哥布林殺手點點頭。「剛結束。」

是喔？長槍手短短應了一聲，開口正要說些什麼。

但他用難以言喻的表情看了看鐵盔與公會內，最後什麼都沒說就閉上了嘴。

哥布林殺手按住門，退到一旁讓出道路。

接著思考了一會兒，想到應該說些話才對，於是短短補上一句：

「路上小心。」

「輪不到你來說。」

長槍手擦身而過之際，拳頭在哥布林殺手的肩膀上搥了一記。

哥布林殺手正看著被搥的肩膀，長槍手已經邁出腳步。

回頭一看，這次換魔女留下某種若有深意的笑容，扭著腰走遠了。

「……唔。」

哥布林殺手微微歪頭，隨即放開了按住的門。

門發出咿呀聲關上，這次由他自己推開。

緊接著，一陣喧嚷聲立刻鋪天蓋地而來。

有些團隊擠在櫃檯前，報告自己的冒險。

有些人瞪著告示板，尋找能立刻出發的冒險。

有些人因為休假而來到酒館，也有人是冒險完而意氣風發地來開慶功宴。

熱鬧、嘈雜，武器碰出的聲響與人聲鼎沸的空間。

哥布林殺手在入口轉頭環視，然後大刺刺地走向等候用的空曠區域。

因為他看出了櫃檯小姐正在應付其他冒險者。

哥布林殺手對她致意的動作點了點頭，大刺刺坐到長椅上。

「喔。」

「啊。」

結果有人用十分狀況外的聲調叫了他一聲。
轉動鐵盔一看，看見的是一副精疲力盡模樣的少年少女。
新手戰士與見習聖女，或許是剛洗過澡，頭髮上殘留著水氣，還是溼的。
但他們臉上仍浮現某種亢奮感，多半是因為完成了工作的喜悅吧。
少年的腰間除了單手劍外，還掛著一把棍棒。
這棍棒似乎操得很凶，已經漸漸泛黑，柄頭還穿了個繩圈。
哥布林殺手微微歪了歪頭盔。
「有在用嗎。」
「……哦，嗯。」
新手戰士頗為尷尬地扭捏起來，用手掌輕拍棍棒。
「還滿常的。」
「是嗎。」
哥布林殺手說著點頭，新手戰士就尷尬地搔了搔臉頰。
「老實說，我想了很多。」
「……」

「我想幫它取個名字，叫作粉碎丸（Smasher）。」

「是嗎。」

見習聖女頂了頂新手戰士的側腹：「也太羞恥了吧？」

新手戰士悶哼一聲，卻開口說了句「可是啊」，不改反駁的態勢。

哥布林殺手依序看了看爭吵不休的兩人，站了起來。

因為櫃檯小姐前方的隊伍已經消化完畢。

哥布林殺手沉默了一會兒，踏出腳步前喃喃開了口：

「不壞。」

此話一出，兩人的爭吵立刻停止。

少年少女就像聽見了無法置信的話似的，茫然抬頭看著廉價的鐵盔。

而鐵盔微微往下動了：

「雖然不適合投擲，穿上繩圈是很好的改良。」低沉的嗓音續道。還加上一句：「我也試試。」

哥布林殺手轉身背向不由得面面相覷的兩人，大剌剌地往前走。

櫃檯小姐在櫃檯應付完冒險者，咚咚兩聲把文件弄整齊。

當兩人眼神交會，櫃檯小姐隨即笑咪咪地對骷髏的鐵盔露出微笑。

「您辛苦了，哥布林殺手先生！」

「嗯。」

他咿呀作響地坐到椅子上，忽然注意到櫃檯內擺著陌生的東西。

是五六個可以放在手掌上的迷你人偶——不，是仿冒險者模樣做成的棋子，組成了隊伍。

「哦，您是說這個嗎？」

櫃檯小姐嘻嘻一笑，用手指拎起其中一隻。

大概是輕裝的戰士吧。她把這顆佩掛小型盾牌與劍的棋子放到手掌上，輕輕一戳。

「前陣子找到的……不過是公家用品就是了。但一直收著不用，就覺得它們好可憐。」

「是嗎。」

她對哥布林殺手點頭應了聲「是」，然後把棋子照原狀排回去。

輕裝斥候、盔甲騎士、森人(Elf)魔女、礦人(Dwarf)戰士，以及老練的僧侶。

「是支團隊？」

「對呀。是為了關上通往地獄的墳墓之門而出發的──冒險者團隊。」

雖然到頭來還是沒能拯救世界。櫃檯小姐不好意思地搔了搔臉頰，他對她說：

「平衡不錯。」

「是的。是支非常好的團隊。」

她娓娓描述起這場冒險故事，彷彿把這些棋子當成了實際存在的冒險者。尋找墳場入口的旅程，與一群綠色的守門怪物之間的戰鬥，可怕的迷宮……

哥布林殺手默默聽著，櫃檯小姐忽然察覺有異，慌張地說「不對不對」。

「對、對不起，我只顧自己閒聊……」

「不會。」哥布林殺手搖搖頭。「很耐人尋味。」

「是嗎？」

櫃檯小姐搖動辮子，微微歪頭。然後「咳咳」兩聲清了清嗓子。

她匆匆忙忙端出事先準備好的茶，把杯子遞向他，然後乖巧地重新坐好。

「呃，那……委託案的情形怎麼樣了？」

哥布林殺手抓起杯子，一口氣喝乾，說道：

「有哥布林。」

好的好的。也不知櫃檯小姐在高興什麼，只見她笑咪咪地讓筆尖在書面上劃過。

有幾隻，怎麼部署，而他又如何殺了這些哥布林。俘虜的狀態。任務成敗。

她淡淡寫下的內容，與平常沒有兩樣。由哥布林殺手進行的剿滅哥布林任務。

寫完整份報告後，一字一句念出來檢查，確認內容無誤。

確認完畢。櫃檯小姐說聲「辛苦您了」，然後把認可章蓋到報告書上。

這樣文件就完成了，之後只剩下從金庫拿出酬勞交付。

「那麼請收下酬勞……啊，對了對了。」

她在指尖保養得十分工整的手上拍了一記。有件事不能忘記。

「前陣子的村莊，您還記得嗎？」

「哪個。」

「就是哥布林殺手先生一個人去的……」

「啊啊。」他點點頭。洞窟，村民，少年，俘虜。「我記得。」

「這是那個村莊送的。」櫃檯小姐頗有深意地呵呵一笑。「他們拿了謝禮過來。」

她打開金庫，把取出的皮袋放到秤子上，從重量查對金額。沒有問題。

之後嘿咻一聲，連著放在托盤上的皮袋一起擺出來的，是個籃子。

這個放在櫃檯上的籃子裡，裝著滿滿像是才剛採收的玉蜀黍。

「他們說，請拿給冒險者吃！」

「哦──」

哥布林殺手拿起一根玉蜀黍，手感很沉。

隨後撥開兩、三片葉子一看，裡頭塞滿了金色的顆粒。

「這結得很飽滿。」

「對吧？」

她彷彿當成自已種的一樣自豪，挺起了勻稱的胸部。

「然後把這些蔬菜送來的，則是上次得到救助的那位。」

「……是嗎。」

「是啊。」

櫃檯小姐以顯露出幾分放心的模樣，將視線落到玉米上。

冒險者與傭兵打了敗仗，還能存活下來並振作，是非常罕見的。

「真的是太好了呢。」

「嗯。」

哥布林殺手讓鐵盔緩緩上下擺動。

「太好了。」

接著做完諸般手續，哥布林殺手便抱著裝滿玉米的籃子站起。

聚集在公會的人們，除了這一兩天才剛完成註冊的人以外，似乎並不怎麼放在心上。

頂多只會瞥個一眼，覺得「啊啊，他不知道又在搞些什麼了啊」。

從工坊探頭的少年學徒也是一樣，輕輕點頭致意。

哥布林殺手停下腳步，問起：「什麼事」，他就用圍裙擦了擦手。

「沒有啦，我是想說也許你又會需要劍，所以早點來問你要訂什麼貨。」

「是嗎。」哥布林殺手點點頭。「那，幫我打一把。」

「好好好。你都不會想一次多訂幾把嗎？」

「不想。」

說完哥布林殺手拍了拍腰間的劍鞘。

「我一次只帶一把。」

聽到這個回答，讓少年學徒苦笑著點頭：「很有哥布林殺手先生的風格。」

「那我會先準備好一把……等等，哇，這是玉米嗎？」

學徒探頭看向籃子裡，登時雙眼發亮，不由得說了聲「好好喔」。

「已經到這季節啦？」

「對。」

「來這裡之前，我在家鄉就常把玉米煮得熟透來吃，每到夏天都這麼吃。」

「是嗎。」

哥布林殺手手伸進籃子裡，隨手抓出了兩三根玉蜀黍。

接著順手遞向少年學徒。

「拿幾根回去？」

「咦？」學徒口中發出驚呼聲。「可以嗎？」

「承蒙你和老師傅照顧。」

「哇、那、那我就不客氣了。」

少年學徒雙手捧住玉蜀黍，連連鞠躬，隨後便跑開了。

「師傅！」哥布林殺手聽著裡頭傳來的叫喊聲聽了一會兒，轉身背向工坊走遠。

也因為才剛入夜，公會裡被處理委託回來的冒險者們擠得水洩不通。

他撥開這些人潮，每次聽到認識的人對自己打招呼，就輕輕點頭致意，一路向前進。

「真是的，只要開個口，我們會先在廚房幫忙蒸好啊。」

結果就在快要走到門口時，被人從旁一把拉住手臂。

說著「什麼事」轉頭一看，抓住他手臂的獸人女服務生，正站在身旁瞪著工坊。

「再說這種時候，您不先拿到我這邊來，我會很為難。」

「是嗎？」

「對。因為烹飪跟分配，我們一套步驟就能完成！」

被人抱怨不機靈，哥布林殺手還是只能點頭回答「是嗎」。

何況由身穿盔甲的冒險者捧著穀物、站在原地不動，無論如何都會顯得很醒目。

「喔～哥布林殺手！」

酒館方向傳來一句悠哉的大喊。

轉動鐵盔一看，只見重戰士似乎已經喝得酣暢，滿臉通紅舉起了手。

「如何？你也收工了吧？來陪我喝個一杯！」

「怎麼，你連他也邀？」

而他身旁有著美麗臉龐微微染成朱紅色的女騎士，兩眼發直地把手撐在桌上拄著臉。

「有什麼關係？偶一為之嘛。」

「想也知道那小子能拿來當下酒菜的，就只有剿滅小鬼的事。」

女騎士嘀咕著「真拿你沒辦法」，嫌麻煩似的站起，挪動座位。

「好啦，小孩子都給我讓開讓開，本聖騎士（Paladin）要坐這。」

「咦～聽大姊姊的口氣，要說妳是聖騎士還真……」

「你說什麼？給我聽好了，遲早有一天，我也學得會聖擊（Holy Smite）……」

「大姊姊，妳最近根本都是用盾打（Shield Bash）吧……」

「騎士用盾牌有什麼不好！不對，真要說起來根本是不肯賜給我神蹟的天神不好！」

「啊啊夠了，吵死了吵死了，你們幾個安靜點啦。」

她和被她推開的少年斥候(Scout)與少女巫術師(Druid)像群孩子似的鬥起嘴來。

重戰士聽不下去，皺起眉頭制止，實在無暇在意他是否有答應邀約的跡象。

哥布林殺手呆站在原地，正想著該如何是好，就有個人影一溜煙站到他身旁。

「對不起喔，叫住了你。」

是重戰士團隊裡的半森人。他以優美的手勢一鞠躬，閉上一隻眼。

「我們老大那邊，我會負責去溝通，還請不要在意我們。」

「就是啊。他們早就已經喝醉了，不會放在心上的啦。」

獸人女服務生哈哈大笑，搖動她野獸般的手，做出像是趕人的動作。

「好了好了，先生趕快回去吧。您不是約了人嗎？」

「……」

哥布林殺手把鐵盔轉向他們兩人，再轉向遠處的重戰士身上，看看上面，看看下面。

「抱歉。」

他低聲謝罪，反被他們面帶笑容回答「沒關係啦」，讓他什麼話都說不出口，只能當場告辭。

他被冒險者人潮推擠著，推開彈簧門走了出去。

夜風清涼地吹過，哥布林殺手在鐵盔內閉上眼睛，然後往前踏出一步。

踩著一如往常的大剌剌腳步走在路上，朝大門前進。

說是朝大門，其實就近在公會前方，距離也不怎麼長，然而……

他從快步走過大門的冒險者與旅人之中，看見一名高了一個頭的巨漢。

哥布林殺手留意到這個特徵醒目的人影而停下腳步，對方似乎也就因此注意到他。

「喔喔，小鬼殺手兄！」

蜥蜴僧侶表情一亮，用力揮動手臂打招呼。

撥開人潮走上前一看，他的身邊還有三個人，平常的夥伴都到齊了。

每個人都同樣疲憊，衣服髒汙，露出充滿成就感的表情。

礦人道士聞到些微的血腥味而抽動鼻子，然後拔開身上酒瓶的瓶塞，想蓋過那氣味。

「怎麼，嚙切丸現在又要上工啦？」

「不。」哥布林殺手搖搖鐵盔。他正要踏上歸途。「你們怎麼了。」

「算是剛解決了一場小小的冒險吧。」

「前鋒只有一個人果然很吃力說～」

妖精弓手一副沒轍的模樣大大聳了聳肩膀，連連搖頭。

然後忽然輕巧地把手伸向女神官，用力抱住她。

「哇、哇哇……!?」

「妳也累了吧？」

「沒有，哪兒的話——」

突如其來的身體接觸，讓女神官瞪大眼睛，但也或許是因為這樣，只見她難為情地低下頭：

「我都只靠大家保護……」

「妳好謙虛喔～」

聽到她小聲回答，妖精弓手說聲「好乖好乖」，抱緊她嬌小的身體，摸摸她的頭。

從她一邊這麼做，一邊還瞥向哥布林殺手這點看來，似乎是不打算放他走。

「然後，雖然我們沒有像礦人那樣嘴饞，但講好了要去吃點什麼好吃的東西犒賞自己。」

「原來如此。」

「哎呀，這是玉米？」

森人的眼神十分銳利，留意到了哥布林殺手抱在脅下的籃子。

仔細一看，裡頭可不是裝滿了包裹在綠葉之中，結實飽滿的金色穀物嗎？

「欸、欸，可以拿一根嗎？」

說時遲那時快，妖精弓手一溜煙放開女神官，一把抓走了一根玉蜀黍。

「妳是圃人還是怎樣？」就算礦人道士說得一臉嫌惡，她也只當耳邊風。

「無所謂。」哥布林殺手這麼說，她就更加得意地挺起單薄的胸膛。

女神官左右為難，顯得有些狼狽，所以蜥蜴僧侶咻一聲尖銳地呼氣：

「哦──在貧僧的故鄉，也經常吃這個。」

「咦，你們也會吃肉以外的東西嗎？」

女神官以吃驚似的口氣問起。

八成是想避免在大家疲憊的時候，還讓情況演變成平常那種喧鬧不已的爭吵吧。

「在貧僧的故鄉，會拿這個煮粥，加進蜂蜜和龍舌蘭汁液等等，做成飲料。」

「是喔，完全沒辦法想像耶。」

妖精弓手的好奇心受到吸引，興味盎然地探頭過來，讓女神官鬆了一口氣。

「那麼，就由貧僧獻上一道吧。喔，對了，小鬼殺手兄。」

「什麼事。」

「如果不介意，貧僧希望能要個一塊，這個……」

「乳酪嗎。」

「……唔。」

蜥蜴僧侶心浮氣躁地點著頭，用尾巴拍打地面表示正是如此。

「我回去請她個別送到房間。」

「喔喔，感恩！哎呀呀，貧僧似乎吃出癮頭來了。」

聽到哥布林殺手的回答，蜥蜴僧侶發出歡呼：「喔喔，甘露！」

妖精弓手在一旁看著，開口說道：「既然這樣。」

「由歐爾克博格拿給他不就好了？」

「那就不是牧場的生意了。」

「哼嗯～？」

也不知道這樣到底算不算是一板一眼。妖精弓手甩動長耳朵，嘻嘻一笑。

「那，歐爾克博格你來得正好……我有工作交給你。」

「哥布林嗎。」

「才不是。」妖精弓手搖動長耳朵。「你送這孩子回神殿去。」

「呼咦!?」

妖精弓手說完推出來的，正是女神官。

她被這一把推得往前踉蹌，靠到哥布林殺手身前。

女神官慌慌張張地轉動視線，看看妖精弓手，又看看哥布林殺手。

「咦、啊，不，不用了。我一個人回去就好。再說又不遠……」

「夜路可是很危險的喔。」

礦人道士捻著白鬍鬚，露出壞心眼的賊笑表情。

「畢竟誰也不曉得那些哥布林什麼時候會冒出來，是不是啊嚙切丸？」

「對。」哥布林殺手答得正經八百。

「但，妳不是住在公會旅館嗎。」

「聽說是關於秋天的慶典，有些事情要討論的樣子。」

「對吧？」妖精弓手徵求同意，「呃、呃……」女神官含糊帶過。

這似乎是事實，但要是承認了，就真的得讓他送自己回去。

「讓小鬼殺手兄送妳比較妥當。」

蜥蜴僧侶也落井下石，若無其事地加入說服行列。

「這種時候就不必客氣了。」

「……」

他的口氣顯得高瞻遠矚，即使只是一些小事，也會讓人覺得他說得沒錯。

女神官不知如何是好，以為難的表情環視眾人，此時哥布林殺手有了動作。

「走了。」

他只短短說了這麼一句話，就大剌剌地踏出腳步。

「咦、啊、啊、好……好的。」

女神官心想萬萬不能被丟下，不由得小跑步跟了上去。

她轉身一瞥，只見三名同伴像是在看著某種令人莞爾的景象，目送他們離開。

這讓她莫名有些難為情，一股熱氣衝上臉頰，但還是朝他們一鞠躬。

「那，呃……明天見！」

哥布林殺手停下腳步，想了一會兒，微微歪了歪鐵盔，再度踏出腳步。

女神官拚命跟向不斷遠去的背影。

之所以能很快來到他身旁，並不是出於她的努力，而是因為他放慢了腳步等她。

「最、最近這陣子，你是不是很忙呢……？」

女神官調整急促起來的呼吸，以窺看臉色的角度朝他望去。

一如往常的鐵盔。由於天色逐漸變暗，更加看不出他的表情。

「對。」哥布林殺手點點頭。「因為缺錢。」

「錢……」

「已經存夠了。」

女神官白嫩的手指按在嘴脣上，嗯了一聲，低頭思索。

少許的不滿與少許的擔心。並非嫉妒之類的情緒，至少她這麼認為。

他不來依靠自己，讓她有些落寞，也有些不服氣。有困難明明可以講出來。

女神官想著這些念頭時，他的腳步仍在前進，她堅忍地跟上。

所以很快就抵達了地母神神殿。

「到了。」

聽哥布林殺手這麼一說，抬頭一看，眼前已經是神殿入口。

白堊石聖堂染上西沉夕陽的紫色，裡頭可以瞥見一些值班者點起的篝火。

女神官先說了聲：「謝謝你送我回來」，然後朝通往路口的階梯跑上幾步。

——這樣好嗎？

她實在不覺得。

「那、那個！」

所以她轉過身來，鼓起內心的勇氣，拚命擠出聲音。

相信臉一定很紅，但多虧夕陽的顏色與夜色，應該看不出來。

「下次去冒險的時候……請一定要找我！」

「……」

哥布林殺手默默仰望她的臉。

過了一會兒後，他回答一聲「嗯」，明明白白地點了頭。

「我會的。」

只是這樣，對女神官而言似乎就夠了。

她當場表情一亮，連在傍晚夜幕中都看得出來，很有精神地點點頭說：「好的！」

對喊著「明天見！」的她說聲「明天見」，目送她苗條的背影跑向神殿之中。

哥布林殺手就這麼在神殿前呆呆站了好一會兒。

——今天是個很容易遇到人的日子。

哥布林殺手忽然想起了以前也曾想過的念頭。

但他又想到，這想法同時也是一種錯誤。

人始終都在那兒。

要說有什麼改變，說不定真的有了改變。

要說什麼都沒變，想必也真的沒變。

就只是，先前不曾留意。

他覺得自己以往實在忽略了太多的事物。

深深吸氣，重重吐氣。

哥布林殺手從熱鬧依然的公會前走過，通過城門，來到大道上。

雙月皓然的月光搭配上星光，明明是夜晚，卻不可思議地並不會覺得黑。

將樹下草地吹得婆娑的風，到了夜晚也變得涼爽，令人心曠神怡。

當他默默以一如往常的腳步走在路上……

遠方浮現一盞微弱的燈火。

和平常一樣的時間，一樣的地點。他回到了看得見牧場燈火的地方。

哥布林殺手微微加快了步調。

越過幫忙牧場主人砌成的石牆，走過自己修好的柵欄，一路來到玄關。

就差一步了。

哥布林殺手站在老舊的木門前，卻不立刻開門。

他先在雜物袋裡翻找，拉出了一只裝滿金幣的袋子。

用手掌試了試那沉甸甸的分量，鬆開袋口，檢查裡面裝的東西。

沒有問題。把袋子塞回去後，鐵盔接著往左右轉動，最後朝天一仰。

「好。」

哥布林殺手略一低語，手放上門把。轉動，推開。

咿呀作響的門後，有著令人鬆一口氣的溫暖，與甜美的香氣。

當他理解到香氣是來自燉煮的牛奶時，站在廚房的她轉過身來。

「哇，今天好晚喔。」

她吃驚得連連眨眼，用圍裙擦了擦手，啪噠啪噠地在廚房跑來跑去。

他關上身後的門，踩著小心翼翼的腳步走進室內。

她瞥了一眼他的動作，目光停在他抱在脅下的籃子。

「咦，這玉米是怎麼了？好漂亮——」

「人家送的。」

他說著就打算把籃子隨手擺到桌上。

「這樣啊？」她點點頭，攪拌著大鍋裡的東西，看也不看就提醒一句：「不可以擺桌上喔。」

「唔。」

「至少也擺在椅子上吧。」

「舅舅怎麼了。」

「好像說今天要開會，會晚回來。」

那麼應該無所謂吧。他喀噠幾聲拉出一張椅子，把籃子放到上頭。

大堆玉蜀黍就像貴賓似的，威風八面地坐鎮在那兒。

他見狀「唔」一聲點點頭，期間她仍在廚房裡忙碌地跑來跑去。

「等一下喔，馬上就可以開飯了。」

「嗯。」他說著走到自己的椅子旁邊，手放到椅背上。

「嗯嗯？」

始終感覺不到他要坐下的跡象，所以她回頭望去，想看看怎麼回事。

一看才發現，他這可不是一直呆站在椅子旁邊，默默不語嗎？

——哼嗯？

她一邊用圍巾擦手，一邊小跑步離開火爐，又小跑步跑向他。

——遇到這種時候，最好都還是由我主動回頭搭話吧。

「怎麼啦？」

她彎下腰，從下往上湊過去看他的鐵盔。

鐵盔一如往常，完全看不出表情。不過，她隱約可以想像。

他「唔」地悶哼，閉著嘴好一會兒，然後才說「沒有」。

「在吃飯前。」

「嗯。」

「有東西想交給妳。」

他好不容易才斷斷續續說出這幾句話，翻找起雜物袋。

接著拖出來的，是先前他檢查過的金幣袋。

袋子一放到桌上，裡頭的金幣就受到壓擠，發出沉重的聲響。

「奇怪？」

她眨了眨眼。

「我記得這個月的房租已經拿過了耶。」

「不是。」

他用比平常更冷淡的口氣丟下這句話。

「是生日。」

「啊。」她不由得兩手一拍。

說起來還真的快到了。只是因為太忙，完全忘了這回事。

——明天不就是我十九歲的生日嗎？

「我不知道該送妳什麼，所以想到這樣最好。」

他說完，默默把金幣袋推過去。

這種東西包裝得太精巧固然令人為難，但這皮袋還真是毫無裝飾或時尚可言。而且好死不死，裡面裝的是錢。就生日禮物而言，從排行榜底下數起來還比較快。

「……你喔，實在是。」

是該生氣、該嘆氣、該傻眼，還是該悲傷？

牧牛妹露出各式各樣的含糊表情後，到頭來還是選擇苦笑著說了句：「真拿你沒辦法。」

她就像小孩子收到大人送的布偶一般，把金幣袋緊緊抱在豐滿的胸前。

「你總讓人感覺像是不懂，其實很懂——不過有時候你其實是真的不懂耶。」

「唔。」

「既然不知道，總可以一起去買、一起去挑吧？」

——我也比較希望那樣唷？

她歪著頭一口氣說完，他低聲悶哼之後，讓鐵盔緩緩上下擺動。

「……知道了。」

「聽你這回答就知道你沒搞懂呀——謝謝這句話，我就留到決定禮物的時候再說囉？」

這下可得好好念你一頓了。她嘻嘻笑著，在他背上輕輕一拍。

「像是收穫祭，我就很期待喔。」

牧牛妹笑歸笑，卻說得像是一點也不期待。

所以對他的「我會考慮」這句話，倒也不怎麼放在心上，只說「好好好」應付掉。

「好啦，總之趕快坐下。飯菜就快好了，我們就先來吃飯吧。」

接著雙手放上他那因為穿著鎧甲而又大又硬的肩膀，用力拖著他拉開椅子，把他扔了上去。

然後正要小跑步跑向廚房之際，忽然想起什麼似的回過頭來。

「啊，對了對了，我忘了重要的事情。」

她盡全力在臉上露出最燦爛的笑容。

「歡迎回來！」

「嗯。」

他點點頭，靜靜地在椅子上重新坐好。

「我回來了。」

後記

大家好，我是蝸牛くも。不知道這第四集，各位讀者看得還喜歡嗎？

這次是短篇集，所以寫的是第一集與第二集之間，以及第二集與第三集之間的故事。

描寫各式各樣的人，想著各式各樣的念頭，做各式各樣的事，發生各式各樣的情形。

所以哥布林的出場機會很少，但這次也有哥布林遭到剿滅。

此外，這次承蒙官方製作廣播劇ＣＤ，並決定在限量特裝版中附贈。

裡頭上演的是女神官與妖精（Elf）弓手的故事，所以哥布林的出場機會也很少。

但剿滅哥布林的場面當然還是有的，我想大概可以請各位讀者儘管放心。

不，話說回來真不得了，聲優陣容好厲害啊。嚇了我一跳。

早知道有這麼一天，我當初就會增加這個人、那個人的出場機會，增加他們的臺詞了……！

我一邊想著這樣的念頭，一邊又覺得很害臊，聽錄音的時候一直忍不住低著頭。

聽說其他作者也有大同小異的傾向。原來不是只有我！

然後然後，本書拿到了『這本輕小說最厲害』的文庫新作部門第一名！

真的是很令人感恩……但選這種怪書當第一名真的好嗎？

雖然寫的是個開口閉口就是哥布林，專門剿滅哥布林的冒險者的故事。

不管怎麼說，今後也將有哥布林出現，所以我會繼續寫哥殺兄剿滅他們的故事。

第五集的劇情應該是緊接在第三集後面，描寫冬天的雪山上出現哥布林，所以前往剿滅的故事。

第一集越過山丘，第二集在都市底下，第三集是七臂怪物，第四集休息，第五集是山上堡壘。

是的，我想內行人應該看得出典故。不懂也沒關係的。

不管怎麼說，各位讀者能夠讀這有點奇怪的冒險者故事讀得開心，真的令我喜悅萬分。

如果大家今後還能繼續給予支持與愛護，那就太令人慶幸了。

這次也為本書繪製了美妙插畫的神奈月老師，非常謝謝您。

獸人女服務生其實是看了老師彩頁的畫而想出來的角色。就是她沒錯。

每個月出刊的漫畫版作品都讓我看得非常開心的黑瀨老師，今後也請多多關照。

參加錄製廣播劇CD的各位聲優，感謝各位精湛的演出。

跟我一起玩遊戲的夥伴、創作路上的朋友，這次也要多方感謝各位。

編輯部的大家，出版、宣傳與通路相關的大家，每次都承蒙各位關照了。

各位讀者，以及匯整網站的管理員，托各位的福，本書才總算能勉強走到這一步。

今後我也會拚了命繼續努力，還請多多支持關照。

哥布林殺手

GOBLIN SLAYER!

He does not let anyone roll the dice.

浮文字

GOBLIN SLAYER 哥布林殺手 4

(原名：ゴブリンスレイヤー #4)

著　者／蝸牛くも　封面插畫／神奈月昇　譯　者／邱鍾仁
發 行 人／黃鎮隆　副總經理／陳君平
總 編 輯／洪琇菁　國際版權／黃令歡、李子琪
執行編輯／曾鈺淳　美術編輯／陳又荻
內文校潤／梁瓏　內文排版／謝青秀
企劃宣傳／邱小祐、劉宜蓉
出　版／城邦文化事業股份有限公司 尖端出版
台北市中山區民生東路二段一四一號十樓
電話：(〇二)二五〇〇七六〇〇　傳真：(〇二)二五〇〇二六八三
E-mail：7novels@mail2.spp.com.tw
發　行／英屬蓋曼群島商家庭傳媒股份有限公司城邦分公司 尖端出版
台北市中山區民生東路二段一四一號十樓
電話：(〇二)二五〇〇—七六〇〇(代表號)
傳真：(〇二)二五〇〇—一九七九
北部經銷／祥友圖書有限公司
電話：(〇二)八五一二—三八五一
傳真：(〇二)八五一二—四二五五
中彰投以北經銷／楨彥有限公司　電話：(〇二)八九一九—三三六九
(含宜花東)　傳真：(〇二)八九一四—五五二四
雲嘉經銷／智豐圖書股份有限公司 嘉義公司
電話：(〇五)二三三—三八五二
傳真：(〇五)二三三—三八六三
南部經銷／智豐圖書股份有限公司 高雄公司
電話：(〇七)三七三—〇〇七九
傳真：(〇七)三七三—〇〇八七
一代匯集／香港九龍旺角塘尾道六十四號龍駒企業大廈十樓B &D室
電話：(八五二)二七八三—八一〇二
傳真：(八五二)二七八二—一五二九
馬新經銷／城邦(馬新)出版集團Cite (M) Sdn. Bhd.
E-mail：cite@cite.com.my
法律顧問／王子文律師 元禾法律事務所
台北市羅斯福路三段三十七號十五樓
二〇一七年八月一版一刷
二〇一八年十月一版四刷

■中文版■

郵購注意事項：
1.填妥劃撥單資料：帳號：50003021戶名：英屬蓋曼群島商家庭傳媒(股)公司城邦分公司。2.通信欄內註明訂購書名與冊數。3.劃撥金額低於500元，請加附掛號郵資50元。如劃撥日起 10～14日，仍未收到書時，請洽劃撥組。劃撥專線TEL：(03)312-4212 ・ FAX：(03)322-4621。E-mail：marketing@spp.com.tw

國家圖書館出版品預行編目資料

GOBLIN SLAYER! 哥布林殺手 / 蝸牛くも作；
邱鍾仁譯.-- 初版. -- 臺北市：尖端,
2016.12- 冊； 公分
譯自：ゴブリンスレイヤー
ISBN 978-957-10-6705-6(第1冊：平裝)
ISBN 978-957-10-7069-8(第2冊：平裝)
ISBN 978-957-10-7185-5(第3冊：平裝)
ISBN 978-957-10-7525-9(第4冊：平裝)
861.57 105008413